Sidonie-Gabrielle Colette

La Chatte

•

암고양이

창 비 세 계 문 학

23

•

암고양이

•

씨도니가브리엘 꼴레뜨

임미경 옮김

창비

차례

•

암고양이
/

일러두기

1. 이 책은 Sidonie-Gabrielle Colette, *La Chatte*(Paris: Bernard Grasset 1973)를 번역저
   본으로 삼았다.

2. 본문 중의 각주는 옮긴이의 것이다.

3. 외국어는 되도록 현지 발음에 가깝게 표기하되, 우리말 표기가 굳어진 것은 관용을
   따랐다.

가족은 저마다 피곤한 기색을 드러냈다. 까미유는 밀려드는 졸음과 싸우고 있었다. 열아홉살답게, 이를테면 눈을 스르르 감다가 소스라쳐 퍼뜩 뜨면서, 그때마다 다시 환하고 생기있는 얼굴을 되찾곤 했다. 그러고 나서 두 손을 모아 입에다 갖다대고 하품을 하면서 다시 창백해졌다. 턱은 하얘지고, 두 볼은 황갈색 분 아래로 다소 거무레하게 가라앉고, 양쪽 눈꼬리에는 작은 눈물방울이 하나씩 매달렸다.

"까미유, 너는 돌아가서 자는 게 좋겠구나!"

"10시인데, 엄마, 10시인데 자다니요! 10시에 잠자리에 드는 사람이 누가 있어요?"

그녀는 약혼자에게 함께 일어서자는 눈짓을 보냈다. 그는 팔걸이의자에 몸을 깊숙이 파묻고 꼼짝도 하지 않았다.

"그애는 여기 있게 내버려두렴." 또다른 어머니의 목소리가 말했다. "아직 이레가 남았어요. 그동안 저 아이들은 서로를 기다려야죠. 지금은 들떠서 조금 분별이 없다고나 할까, 그야 이해할 수 있는 일이지만 말입니다."

"옳은 말씀이에요. 한시간 늦추나 앞당기나…… 까미유, 너는 가서 자야 할 것 같아. 우리도 그만 일어서야겠다."

"이레라니!" 까미유가 외쳤다. "월요일인데! 나는 그런 것은 생각하지 않고 있었어요…… 알랭, 이리 와봐, 알랭……!"

그녀는 피우던 담배를 정원으로 내던지고, 새로 한개비 불을 붙여 물었다. 그러고는 탁자 위에 흩어진 포커카드를 추려 섞어서 나무 모양으로 늘어놓고 카드 점을 쳤다.

"예식을 올리기 전에 받을 수 있을지 알아봐야지. 자동차, 그 귀여운 소형 로드스터[1] 말이야…… 이것 좀 봐, 알랭. 점괘가 이렇게 딱 나오잖아! 여행할 일이 생겨서, 그리고 빅뉴스가 계기가 되어 바깥세상으로 나아간다……"

"누가?"

"로드스터지, 누구기는!"

알랭이 목을 숙인 채로 발코니 문을 향해 고개를 돌렸다. 열린

---

1 지붕과 좌우측 유리창이 없는 이인승 자동차.

발코니 문 너머에서 시금치와 갓 베어낸 풀에서 풍기는 상큼한 풋
내가 올라왔다. 마침 그날 낮에 잔디를 깎은 참이었다. 한그루 키
큰 고사목을 휘감아올라간 인동덩굴도 첫 꽃망울을 벌리며 달콤
한 향을 퍼뜨리고 있었다. 유리컵들이 맞부딪히는 소리가 났다. 나
이 든 하인 에밀이 10시 야참인 과일시럽과 시원한 물을 떨리는 두
팔로 받쳐들고 들어오는 것을 알 수 있었다. 까미유가 몸을 일으켜
컵들을 채웠다.

그녀는 약혼자에게 제일 나중 차례로 음료를 건넸다. 뽀얗게 김
이 서린 유리컵을 내밀 때 은근한 미소도 덧붙였다. 그녀는 그가
음료를 마시는 모습을 바라보았고, 그러다가 불현듯 몸 어느 구석
에서 이는 혼란한 감각에 휩싸였다. 컵 가장자리에 밀착된 그의 입
술 때문이었다. 하지만 그는 무척 피곤했고, 그래서 그녀의 그 혼란
에 동참하기를 거절했다. 단지 자신에게서 빈 컵을 다시 받아가는
그 하얀 손가락, 발그름한 손톱 들을 스치듯 감아쥐었다 놓았을 뿐
이었다.

"내일 나가서 식사할래?" 그녀가 작은 목소리로 그에게 물었다.

"내가 어떻게 할지 카드에 물어봐."

까미유는 한걸음 뒤로 물러서더니 어릿광대 흉내를 냈다.

"허풍이 아니에요, 스물네시간 펼쳐지는 묘기가 왔어요! 자, 칼
십자가 묘기가 왔어요, 가시바구니 묘기, 활동사진이 왔어요, 성부
의 이름으로……"

"까미유!"

"미안, 엄마…… 하지만 정말이에요. 이 사람은 스물네시간 이렇다니까! 그야말로 말 잘 듣는 아이, 바쁘게 왔다가 가는 상냥한 흑인 심부름꾼, 늘 서두르는 스페이드 잭[2]……"

"서두르다니 무엇을?"

"소식을 전하느라 바쁘다는 거죠, 참 나! 글쎄, 이 사람은 앞으로 스물네시간 무엇을 할지, 심지어는 앞으로 이틀간 생길 일까지 말해줘요. 만약 카드 두장을 이 스페이드 잭 좌우에 더 붙여준다면 다음주에 일어날 일까지 미리 쏟아놓을걸……?"

그녀는 양쪽 입 가장자리에 조그맣게 뭉친 분가루를 뾰족한 손톱으로 긁으면서 말을 빠르게 쏟아냈다. 알랭은 싫지도 좋지도 않은 표정으로 그녀의 말을 들었다. 그는 그녀를 오래전부터 알고 지내왔고, 그녀를 현대적인 아가씨라고 생각하고 있었다. 그녀가 어떤 방식으로 자동차를 운전하는지도 알았다. 조금 지나치게 속도를 내고, 노련한 척 조금 지나치게 솜씨를 부린다는 사실을, 눈으로는 사방을 훑으면서, 화사하게 피어난 입으로는 언제라도 택시들을 향해 거친 욕설을 퍼부을 준비를 하고 있다는 사실을 알고 있었다. 그는 그녀가 어린아이나 사춘기 소년들이 흔히 그러듯이 얼굴 한번 붉히지 않고 거짓말을 한다는 사실도 알았다. 그녀는 저녁식사 후에 '나이트클럽'으로 알랭을 만나러 가기 위해서라면 자기 부

---

2 포커의 스페이드는 권력을 상징하며, 파괴라는 부정적 의미를 동반하기도 한다. 스페이드 잭은 마지막에 패를 갖게 되는 사람을 게임에 지게 하는 재앙의 패이기도 하다.

모를 속이는 일쯤이야 얼마든지 할 수 있었다. 그곳에서 두사람은 함께 춤을 췄다. 그렇지만 거기서도 늘 오렌지주스만 마셨는데, 그건 알랭이 술을 좋아하지 않기 때문이었다.

공식적으로 약혼한 사이가 되기 이전에도 그녀는, 햇볕 아래서든 어둠속에서든, 눈치 채이지 않게 입술을 살짝 문질러 닦은 후, 그에게 내밀곤 했다. 망사 레이스 달린 더블포켓 블라우스 속에 줄곧 간혀서 마치 그녀와는 상관없는 무엇인 양 봉긋 솟아 있는 가슴도 그에게 내맡겼다. 그리고 그녀가 몰래 사들인, 보풀 하나 없이 매끈한 스타킹에 감싸인 아주 예쁜 다리도. 그럴 때 그녀는 말했다. '미스땡게뜨³ 같지, 자기도 알아? 내 스타킹 조심해줘, 알랭!' 스타킹, 다리, 이것이 그녀가 지닌 가장 근사한 것이었다……

'저 여자는 예뻐.' 알랭은 생각했다. '이목구비 어느 것도 미운 게 없으니까 예쁘다고 해야지. 피부도 고르게 가무잡잡하고, 또 눈이 반짝거리니까 깔끔한 머리카락과 잘 어울려. 자주 감고 트리트먼트를 해서 반들반들 윤기가 도는, 새로 산 피아노처럼 새까만 머리카락과 말이야……' 그는 그녀가 갑작스레 거칠어질 수도 있다는 것, 또한 산골짜기를 타고 내려오는 실개울처럼 변덕스럽다는 것을 모르지 않았다.

그녀는 여전히 로드스터 이야기를 하고 있었다.

"아뇨, 아빠, 안돼요! 스위스를 횡단하는 동안 알랭에게 운전을

---

3 미스땡게뜨(Mistinguett, 1875~1956). 프랑스의 여배우이자 가수로 아름다운 각선미를 자랑했다.

맡기는 것은 말도 안돼요! 이 사람은 걸핏하면 딴 데 정신을 파는 걸요—게다가 사실, 운전을 별로 좋아하지도 않아요—이 사람을 안다니까요, 내가!"

'저 여자가 나를 안다는군.' 알랭은 그녀의 말을 속으로 곱씹었다. '물론 그렇게 생각할 테지. 나 역시도 걸핏하면 저 여자에게 그랬잖아, '나는 당신을 알지, 우리 아가씨!'라고 말이야. 사아 또한 저 여자를 알아. 그런데 어디 있을까, 사아는?'

그는 암고양이를 찾아 눈길을 옮기다가 팔걸이의자에서 등을 뗐다. 한쪽 어깨를 먼저, 이어서 다른 쪽 어깨, 그다음에는 허리, 마침내 엉덩이를 일으켰다. 그러고는 발코니 계단 다섯단을 천천히 내려갔다.

인접한 정원들에 둘러싸인 넓은 정원 마당은 어둠에 잠긴 채, 자양분을 끊임없이 축적해온 꽃밭의 기름진 흙내를 피워올리고 있었다. 이 집은 알랭이 태어난 이후로 변한 것이 거의 없었다. 까미유는 이곳을 '외동아들의 집'이라고 평하면서, 과자로 만든 것 같은 지붕, 슬레이트에 낸 천창들, 1층 발코니 창 양옆의, 케이크 표면처럼 보이는 조촐한 장식무늬를 대놓고 비웃었다.

정원도 까미유처럼 이 집을 무시하는 듯했다. 키 큰 나무들이, 느릅나무가 늙으면 그러듯이 검게 말라붙은 잔가지를 우수수 뿌리며, 이웃과 행인이 이 집으로 시선을 돌리지 못하도록 가로막고 서 있었다. 눈길을 좀더 멀리, 부동산 매물로 나온 나대지 위로, 어느 고등학교 교정으로 던지면, 여기저기 몇그루씩 무리 지어 서 있는, 서로 닮은 모양새를 한 늙은 느릅나무들을 볼 수 있었을 것이다. 그 나무들은 예전 그 자리에 있었던 넓은 사거리 가로수의 잔해, 새로 뇌이 신도시가 조성되면서 토지를 수용당한 어느 공원의 유적들이었다.

"어디 있어, 알랭?"

까미유가 계단 위에서 그를 부르고 있었다. 그렇지만 어쩐지 기분이 내키지 않은 그는 기어이 대답을 하지 않은 채, 깎은 잔디의 가장자리를 따라 발밑을 더듬으며 좀더 깊은 어둠속으로 들어갔다. 머리 위 하늘에 희끄무레한 달이 걸려 있었다. 달은 이제 더워지기 시작한 낮 기온의 여파로 자욱하게 깔린 안개에 감싸여 좀더 부풀어 보였다. 유일하게 나무 한그루, 반짝이는 노란 잎사귀들을 단 포플러 나무만이 쏟아지는 달빛을 온몸으로 받아, 그 빛 조각들을 다시 폭포처럼 쏟아내고 있었다. 은빛 반사광 파편들이 무리 지어 퍼져나와 알랭의 두 다리 위로 한마리 물고기처럼 흘러갔다.

"아! 여기 있었구나, 사아! 널 찾고 있었어. 오늘 저녁에는 왜 식탁으로 오지 않았니?"

"므루앵." 암고양이가 대답했다. "므루앵……"

"뭐라고, 므루앵? 어째서 므루앵이라고 하는 거니? 무슨 말을 하려는 거야?"

"므루앵." 고양이는 고집스럽게 같은 소리를 냈다. "므루앵……"

그는 암고양이의 길쭉한 등을 다정하게 쓰다듬었다. 토끼털보다 더 부드러운 그 등을 더듬어 따라가던 손바닥이 촉촉이 젖은, 열심

히 가르랑거리느라 통통하게 부푼 콧구멍 두개에 가닿았다. '나의 고양이…… 그래, 내 고양이.'

"므루앵." 암고양이가 아주 낮은 소리로 말했다. "르…… 루앵……"

그를 부르는 까미유의 목소리가 또 한번 집 쪽에서 울리자 사아는 참빗살나무 울타리 아래로 사라졌다. 가지런히 전지된 울타리 나무들은 밤을 닮아 암녹색이었다.

"알랭……! 우린 그만 갈 거야……!"

그는 계단 쪽으로 뛰어갔다. 까미유의 웃음소리가 그를 맞았다.

"자기가 뛰어오는 것이 머리카락으로 보여." 그녀가 들뜬 소리를 냈다. "이렇게까지 눈에 잘 띄는 금발이라니 굉장해!"

그는 달리는 속도를 좀더 붙여 계단 다섯단을 한걸음에 뛰어올라갔다. 까미유가 거실에 혼자 남아 있는 것이 눈에 들어왔다.

"부모님들은?" 그가 낮은 소리로 물었다.

"외투를 가지러 가셨어." 대답하는 목소리는 여전히 들떠 있었다. "거기서 '공사'가 어떻게 되어가는지 살펴보러 가실 거야. 제대로 되고 있는 게 없어. '진척이 안돼! 기다리다 늙어 죽겠어.' 상관없지, 우리 두사람에게는! 떼를 쓴다면 그 집을 우리가 가질 수 있을지도 몰라, 빠트리끄 오빠의 원룸아파트 말이야. 빠트리끄 오빠는 다른 집을 얻으면 돼. 자기가 좋다고 하면 내가 추진해볼게, 그럴래?"

"하지만 빠트리끄는 까르드브리⁴의 집을 내놓을 이유가 없어. 당신 기분을 상하게 하지 않으려는 것 말고는……"

"물론이지! 그 점을 이용해야지!"

그녀는 여자만 누릴 수 있는 어떤 종류의 부도덕성으로 은은하게 빛났다. 알랭은 그런 부도덕성이 언제나 불편했다. 하지만 그는 그녀에게, 누가 떼를 쓴다는 말이냐고, 왜 주어를 명확하게 밝히지 않고 대충 뭉뚱그리느냐고, 그 말 습관에 대해서만 나무랐다. 그녀는 그것을 애정에서 나온 잔소리로 받아들였다.

"이제 곧 고쳐질 거야. '우리'라고 말하는 습관이 들 거야……"

키스할 마음을 그에게 불러일으키려고 그녀는 짐짓 장난을 치는 것처럼 천장 등을 껐다. 탁자 위에서 타고 있는 등잔불 하나가 이 아가씨의 등 뒤로 매끈하고 긴 그림자를 던져보냈다.

까미유는 두 팔을 올려 목덜미 뒤에서 교차시킨 채 눈짓으로 그를 불렀다. 하지만 그는 그녀에게서 뻗어나간 그림자에만 눈이 갔다. '아름답구나, 벽에 있는 저 여자는! 저렇게 한껏 늘어난 모습 좀 봐, 정말이지 사랑스러워……'

그는 자리에 앉아 그녀와 그림자를 번갈아 바라보며 비교해보았다. 우쭐해진 까미유는 상체를 뒤로 젖혀 가슴을 앞으로 내밀고 인도 무희 흉내를 냈다. 그러나 이 흉내 내기 놀이는 그녀보다 그림자가 더 잘하는 분야였다. 그녀는 두 손을 풀어 내려뜨리고 걸음을 옮겨놓았다. 매혹적인 그림자가 그녀보다 먼저 앞으로 나섰다.

---

4 브리 치즈의 4분의 1조각이라는 의미로, 이름처럼 삼각형 타워 형태의 주거용 고층건물로 묘사되고 있다.

열려 있는 베란다 창문에 이르자 그림자는 옆으로 폴짝 뛰어 정원으로, 불그스름한 모래자갈이 깔린 산책로 위로, 달빛 방울로 흠뻑 젖은 포플러 나무를 그 긴 두 팔로 스치듯 포옹하면서…… 달아나 버렸다. '저런……' 알랭은 아쉬움에 한숨을 내쉬었다. 이어서 그는 자신이 까미유보다 그녀의 완성된 혹은 고정된 형상, 예를 들어 조금 전처럼 그녀의 그림자, 그녀의 초상에 이끌리는 데 대해, 혹은 지나간 어느 순간, 어떤 옷을 통해 그녀가 남겨놓은 강렬한 기억에 매혹되는 데 대해 자신을 슬그머니 질책했다.

"무슨 일이 있는 거야, 오늘밤은? 이리 와서 내가 케이프 입는 걸 도와줘. 그것만이라도……"

이 '그것만이라도'라는 말 밑바닥에 깔린 의미에 그는 기분이 상했다. 그녀가 그의 앞에서 문을 열고 나가면서 보일 듯 말 듯 어깨를 으쓱한 것도 거슬렸다. 현관의 전실前室과 찬방으로 통하는 문이었다. '저 여자는 어깨를 추켜올리면 안돼. 이건 타고난 체형과 습관이 만드는 문제야. 저 여자는 목이 짧아서 의식적으로 조심하지 않으면 땅딸보가 되거든. 약간, 약간은 땅딸보라고.'

두사람은 현관 옆 옷을 놓아둔 전실로 들어갔다. 알랭의 어머니와 까미유의 부모가 마치 추위를 타는 것처럼 발을 톡톡 구르며 올이 성긴 매트 위에 희끔희끔 더럽혀진 눈 색깔의 자국을 냈다. 암고양이가 창문 바깥턱에 올라앉아 그들을 냉랭하게 지켜보고 있었지만, 그렇다고 적의를 품은 것 같지는 않았다. 알랭은 고양이의 참을성을 본받아, 그 자리에서 오가는 의례적인 비관론을 묵묵히 들었다.

"더는 변화가 없네요……"

"그러니까 일주일이 지나도록 아무 진척이 없다는 말씀이군요……"

"제 느낌을 말씀드리자면, 사부인, 저것은 보름이 아니라 한달은 들여야 하는 공사예요—아니, 한달이 뭐야?—두달은 지나야 저 아이들의 둥지가……"

'둥지'라는 말이 나오자 까미유가 이 조용한 대화 속으로 뛰어들었다. 마치 날카로운 뭔가가 튀어나오는 것 같아서 알랭과 사아는 그 순간 눈을 질끈 감았다.

"그런데 우리는 그 문제에 대해 계획이 섰거든요! 뭐냐 하면 빠트리끄 오빠의 집으로 들어가 사는 게 좋을 것 같다는 거죠! 게다가 이 방법은 쩐이 없는 빠트리끄 오빠에게도 좋은 해결책이고요—돈이 없는,이라고요, 조심할게요, 엄마…… 우리 짐 가방만 들고 갈게요, 달랑! 그러고는 공중에서 사는 거야, 그 십층에서! 그렇잖아, 알랭?"

그는 질끈 감았던 눈을 다시 뜨고 어정쩡하게 미소를 지으며 까미유의 어깨에 밝은 색깔 케이프를 걸쳐주었다. 그는 그녀가 두사람 앞에 걸린 거울 속으로 던져오는, 비난으로 검게 가라앉은 눈길을 받아냈다. 하지만 그 눈길에 마음이 움직이지는 않았다. '우리 둘만 있는 동안 내가 입술에 키스하지 않았다고 이러는 것이지. 그래! 안했어. 입술에 키스하지 않았어, 어쩌라고! 이 여자는 자기 계

산에 오늘 하루 치 키스 분량이 모자란다 싶은 거야. 낮 12시 십오
분 전에 불로뉴 숲 산책길에서 키스했고, 2시 커피를 마신 후에 키
스했고, 정원에서 저녁 6시 30분에도 했어. 그런데도 오늘밤의 키
스가 빠졌다고 이러는 거야. 참 나! 이 여자는 뭔가 불만이 있으면,
그 자리에서 꼭 그런 내색을 하고 말지⋯⋯ 대체 내가 왜 이런 꼴
을 당해야 하지? 나는 잠이 부족해서 미칠 지경인데. 이런 생활은
어리석어. 우리는 만나는 시간이 너무 많아. 월요일에는 아주 일찍
상점에 나가야겠어, 그리고는⋯⋯'

　새로 진열한 견직물이 풍기는 아릿한 화학물질 냄새가 콧속으
로 스며드는 것 같았다. 하지만 의미를 종잡을 수 없는 뵈예 씨의
미소가 마치 악몽 속의 한 장면처럼 머릿속에 떠올랐다. 그리고는
악몽을 꾸듯이 말소리가 들려왔다. 그 자신 스물네살이 되었어도
들을 때마다 여전히 주눅이 드는 말소리였다. '아니지, 아냐, 젊은
친구, 금전출납기를 새로 한대 들여놓으려면 1만 7천 프랑을 들여
야 하는데, 일년 안에 본전을 뽑을 수 있겠나? 이 이유만으로도 그
이야기는 끝이지, 다른 문제는 없어. 자네 부친을 살아생전 가장 오
래 보필해온 사람으로서 말하건대⋯⋯' 다시 거울로 눈을 돌린 그
는 거기서 꽁한 표정의 형상, 그를 탐색하듯 빤히 보고 있는 그 아
름다운 검은 눈과 마주쳤다. 그는 두 팔로 까미유를 감싸안았다.

　"으응, 알랭?"

　"오! 얘야, 그애를 가만 내버려두라니까! 저 아이들은 참⋯⋯"

　까미유는 얼굴을 붉히며 알랭의 품에서 빠져나왔다. 그리고는

담백한 태도로 알랭에게 볼을 내밀었다. 사내아이가 제 형제를 대하듯 씩씩한 몸짓이어서 하마터면 그는 그녀의 어깨를 빌리며 '자고 싶어, 졸려…… 오! 젠장, 졸린다고, 자고 싶어……'라고 투정을 부릴 뻔했다.

정원에서 암고양이 소리가 들려왔다.

"므루앵…… 흐르르루앵……"

"저 고양이 소리가 들리지? 사냥을 하고 있나봐." 까미유가 차분하게 말했다. "사아! 사아!"

암고양이 소리가 뚝 그쳤다.

"사냥을 한다고?" 알랭은 가당치도 않다는 듯 말꼬리를 올렸다. "왜 그렇게 생각해? 무엇보다 지금은 오월이야. 게다가 '므루앵!'이라잖아!"

"그래서?"

"사냥 중이라면 므루앵이라고 울지 않는다고! 저 소리는—아주 드문 것이기도 한데—뭔가 위험하다고 알리는 거야. 새끼고양이들을 불러모을 때 내는 소리에 가까워."

"주여!" 까미유가 두 팔을 추켜올리며 소리쳤다. "알랭이 고양이 소리를 풀이하기 시작하면, 끝을 보기는 다 틀렸다니까!"

그녀는 계단을 폴짝거리며 뛰어내려갔다. 구닥다리티가 나는 커다란 연보라색 둥근 램프 두개가 에밀 영감의 떨리는 손에 들려 정원을 밝혔다.

알랭이 앞서가는 까미유와 함께 걸어갔다. 철책 대문에 이르러 그는 그녀의 귀밑에 키스했고, 그녀를 나이 든 여자로 만드는 향수 냄새 더미를 헤쳐, 고소한 빵 냄새와 검은 머리카락에서 풍기는 냄새를 찾아 들이마셨다. 그러고는 이 아가씨의 케이프 아래를 더듬어 맨살의 두 팔꿈치를 손에 잡아줘었다. 그녀가 자동차 운전석으로 들어가 앉았다. 그녀의 부모는 자동차 뒷좌석에 타고 있었다. 비로소 그는 잠이 깨는 기분이었다. 비로소 유쾌했다.

"사아! 사아!"

암고양이가 어둠속에서 고개를 내밀었다. 마치 그의 발밑에서 솟아오른 듯 바로 곁에 있었다. 그가 달리자 고양이도 앞장서서 달려갔다. 그는 고양이가 눈에 보이지 않아도 어디 있는지 알 수 있었다. 암고양이는 현관에서 그의 앞에 불쑥 나타났다가 발코니 계단으로 다시 돌아와 제일 꼭대기에서 그를 기다렸다. 가슴은 부풀리고 두 귀는 낮게 눕힌 채 암고양이는 그가 달려오는 모습을 지켜보았다. 동공 깊숙이 박힌, 의심 많고 거만하며, 자신을 완전히 통제할 줄 아는 그 노란색 두 눈으로 그를 도발하면서 말이다.

"사아! 사아!"

어떤 특별한 방식으로 발음되는, 가운뎃소리를 강한 들숨에 실어 나지막이 부르는 이 이름은 암고양이를 흥분시키곤 했다. 고양이는 꼬리로 바닥을 탁 치고는 포커 탁자 한가운데로 뛰어올라 활짝 벌린 두 앞발로 포커카드를 흐트러뜨렸다.

"이것 봐라, 이 고양이, 이 고양이……" 어머니의 목소리가 말했다. 그 목소리에 적의는 조금도 묻어 있지 않았다. "손님들이 떠나니까 이 녀석이 얼마나 좋아하는지 보렴!"

알랭은 어린아이 같은 웃음을 터뜨렸다. 이 집을 위해, 그리고 끈끈하게 결속된 이 관계를 위해, 집을 에워싼 느릅나무 울타리를 넘어가는 일도 없고 검은 철책 대문 바깥으로 흘러나간 적도 없는 이 친밀한 분위기를 위해 남겨둔 웃음이었다. 곧이어 알랭은 늘어지게 하품을 했다.

"저런, 너 정말 피곤해 보이는구나! 경사를 앞두고 한창 행복할 때인데 그렇게 피곤해 보일 수도 있는 거니? 오렌지 시럽이 남았는데 마시렴. 싫어? 그럼 올라가서 쉬자꾸나…… 전등은 그대로 놓아둬. 에밀이 와서 끌 거야."

'엄마는 마치 내가 병을 앓고 난 다음이기나 한 것처럼, 아니면 다시 파라티푸스에 걸리기나 한 것처럼 말씀하시네……'

"사아! 사아! 저런 못된 것 같으니라고! 알랭, 너는 이제 애를 먹을 거야, 저 고양이가 허락하지 않을 테니……"

암고양이는 낡은 문직 커튼에서 자신이 알아낸 수직 통로를 타고 천장까지 거의 도달한 참이었다. 아주 잠시 암고양이는 회색 도마뱀이 된 양 네 다리를 쫙 벌려 벽에 찰싹 달라붙었다. 그러더니 어지럼을 타는 척하면서 아양 섞인 짧은 소리를 냈다. 그를 부르는 소리였다. 알랭은 명령에 순종하듯 암고양이 밑으로 가서 어깨를 내밀었다. 사아는 벽에 몸을 밀착한 채 유리창을 타고 흐르는 빗방울처럼 미끄러져 내려왔다. 고양이가 알랭의 어깨 위에 편안히 자리 잡자 둘은 함께 침실로 들어갔다.

열린 창문 앞, 어둠에 잠겨 검은색이던 금작화는 알랭이 천장의 실내등과 침대 머리맡 램프를 켜자 꽃송이를 연노랑 색깔로 바꾸어 길게 늘어뜨렸다. 그는 어깨를 기울여 암고양이를 침대 위로 떨어뜨리고는 방 안을 이리저리 서성거렸다. 침실과 욕실 사이를 쓸데없이 오갔다. 피곤 때문에 쉽게 잠들 수 없었다.

그는 정원을 내려다보았다. 아직 '공사' 중인 건축 현장의 희멀건 자재 더미를 적의를 담은 눈초리로 찾아훑었다. 서랍을 열었다가 닫았다. 서랍에서 꺼낸 상자들을 열었다. 그 상자들 속에 그의 진짜 비밀들이 잠들어 있었다. 1달러 금화 한닢, 기념 문구가 새겨진 반지, 아버지 유품 시곗줄에 달린 마노 장식. 열대 이국의 칸나에서 채취한 붉은색과 검은색 씨앗 몇개, 첫 영성체 때의 나전 묵주, 줄이 끊어진 가는 팔찌도 있었다. 이 팔찌는 성격이 불같던 한 젊은 여인의 추억이 담긴 물건이었다. 그 여인은 그의 애인이었다가, 서둘러, 꽤나 떠들썩한 소동을 일으키며 떠나갔다⋯⋯ 이런 것 외에 이 지상에서 그가 소유하고 있는 재산이라고는 장정을 했거나 가제본으로 놓아둔 책들, 편지들, 사진들⋯⋯ 그뿐이었다.

그는 이 자질구레한 잔해들을 꿈을 꾸듯이 만지작거렸다. 그것들은 까치며 어치 같은 약탈자 새들이 자기 둥지에 물어다놓은 알록달록한 조약돌처럼, 매혹적이긴 해도 가치는 없는 것들이었다. '이걸 전부 버려야만 할 테지⋯⋯ 아니면 여기 그냥 놓아둘까? 이것들에 미련은 없어⋯⋯ 내가 집착하고 있는 걸까⋯⋯?' 외동아들인 터라 그는 자기 소유의 것에 대한 애착도 강했다. 그는 소유물들을 다른 사람과 공유한 적도, 선점하기 위해 다투어본 적도 없었다.

그는 거울 속의 얼굴을 들여다보았다. 자신에게 화가 났다. '잠을 자라고! 몰골이 형편없잖아, 봐줄 수가 없어!' 그는 눈앞의 금발머리 미남 청년에게 말했다. '내가 미남이라는 소리를 듣는 것은 오직 이 금발 덕분이야. 갈색머리였다면 추남으로 보일걸?' 그는 코끝이 넓적해서 벌름거리는 인상을 주는 말코, 길쭉하게 처진 뺨을 또 한번 원망했다. 그렇지만 그는 다시 미소를 지어 드러나는 치아를 눈으로 확인하고, 자연스러운 웨이브를 이루는 숱 많은 금발 머리카락을 손으로 쓰다듬었다. 그러고는 미묘한 눈동자 색깔을 들여다보며 흡족해했다. 짙은 속눈썹으로 둘러싸인 그 눈은 푸른빛이 감도는 회색이었다. 뺨 위, 미소의 양끝으로 굵은 주름 두개가 잡혔다. 눈은 움푹 들어가고 눈 밑은 거무스레하게 그늘져 있었다. 희읍스름한 색깔의 거친 턱수염이 아침에 면도를 했는데도 벌써 무성하게 돋아 입술이 한층 두드러져 보였다. '이런 초췌한 낯짝이라니! 불쌍해서 봐줄 수 없군. 아니, 역겨운 얼굴이야. 이런 몰골이 첫날밤을 치른 모습일까⋯⋯?' 거울 속, 멀찍이 떨어진 뒤편에서 사아가, 위엄있는 태도로 그를 뚫어져라 응시하고 있었다.

"알았어, 갈게!"

그는 싱그러운 풀밭처럼 펼쳐진 이불 위로 몸을 던져 암고양이를 끌어안았다. 몇 마디 놀이 장단 같은 가락을 빠르게 고양이에게 읊조려주었다. 그 노랫가락은 샤르트뢰[5]라고 일컬어지는, 자그맣

고 완벽한 순종 암고양이의 독특한 매력과 뛰어난 자질을 구구절
절 주워섬기는 것이었다.

"볼 통통 내 작은 곰…… 예쁜 이쁜 어여쁜 고양이…… 내 푸른
비둘기…… 진줏빛 악마……"

그가 불을 끄자마자 암고양이는 그의 앞가슴을 부드럽게 파고
들기 시작했다. 고양이가 앞발로 한번 할퀼 때마다, 세운 발톱 하나
가 비단 파자마를 통과해서 알랭의 맨살에, 정확히 그가 불안감을
견디며 쾌감을 느낄 정도로만, 가닿았다.

"아직 이레가 남아 있어, 사아……" 그는 한숨을 내쉬었다.

일곱번의 낮, 일곱번의 밤을 보내면 새로운 생활을 맞아야 했다.
낯선 어느 집에서, 뜨겁지만 길들이기 어려운 젊은 여자와 함께 지
내는 생활을…… 그는 암고양이의 털을 쓰다듬었다. 따뜻하면서
도 청량한 감촉이었다. 고양이의 털에서 잔가지를 다듬은 회양목,
측백나무, 푸르고 탐스러운 잔디밭의 향기가 풍겨왔다. 암고양이
는 목젖을 한껏 부풀려 가르랑거렸다. 그러고는 어둠속에서 한순
간, 자신의 촉촉한 코를 알랭의 코 밑, 두 콧구멍과 입술 사이에 갖
다대고 고양이 키스를 했다. 그것은 암고양이가 그에게 아주 드물
게 하는, 물질적 감각과는 무관한, 빠르게 스쳐가는 키스였다.

"아! 사아, 이제 우리가 함께 밤을 보내는 날도……"

근처 도로를 지나는 어느 자동차 전조등의 희고 둥근 두개의 빛

---

5 프랑스 원산의 고양이 품종으로, 청회색 털과 둥근 머리, 금빛 혹은 노란색 눈이
  특징이다.

줄기가 나무 잎사귀들을 통과해 스며들어왔다. 침실 벽 위로 금작화가 커다란 그림자가 되어 지나갔다. 잔디밭 한가운데 외따로 서 있는 백합나무 그림자도 길쭉하게 자란 모습으로 지나갔다. 알랭은 자신의 얼굴 앞에서 사아의 머리가 빛나다가 어둠속으로 꺼지는 것을 보았다. 고양이는 쏘아보듯 엄격한 눈을 하고 있었다.

"겁주지 마!" 그가 애원했다.

사실 밀려오는 졸음 덕분에 그는 다시금 연약해지고 있었다. 영원히 이어지는 다정한 소년시절의 그물에 걸려 미적거리면서 몽상에 빠져들 수 있었다……

그는 눈을 감았다. 하지만 사아는 신경을 곤두세운 채 무엇인가를 눈으로 좇았다. 둥글게 원을 그리며 춤을 추고 있는 그것들은 전등이 꺼지면 몰려나와 잠든 사람들 주위에서 장난치며 뛰노는 어떤 기미들이었다.

그는 많은 꿈을 꾸었고, 그러면서 꿈속으로 한층, 또 한층 내려갔다. 그가 잠에서 깨어나서 지난밤 겪은 모험을 이야기하는 경우는 없었다. 좌충우돌 예민하던 유년의 한때가 확보해놓은 어떤 영토, 급작스러운 성장기에 키만 불쑥 자라고 몸집은 가늘던 사내아이가 침대에서 보낸 시간들이 확장한 그 영토가 소중해서 함부로 내보이고 싶지 않았기 때문이었다.

그는 잠 속으로 찾아오는 꿈들이 좋았다. 그 꿈들을 정성스럽게 이어나갔고, 자신을 기다리고 있는 속편들을 무슨 일이 있어도 놓치지 않으려 했다. 꿈속에서 마주친 첫번째 쉼터에서, 또한 도로에서 울리는 자동차 클랙슨 소리를 들으며, 그는 어떤 얼굴들과 마주쳤다. 자유자재로 늘어날 수 있는 그 얼굴들은 그를 둘러싸고 소용돌이를 이루며 빙빙 돌았다. 친숙한, 그러나 보기 흉한 얼굴들이었다. 그는 호의적인 군중 속을 통과하는 사람처럼 이 얼굴 저 얼굴을 향해 인사를 보내며 그 한가운데를 가로질렀다. 원을 그리며 주위를 선회하던, 볼록렌즈처럼 가운데가 불룩한 얼굴들은 알랭에게 가까이 다가오면서 점점 커졌다. 어두운 꿈의 들판에서 또렷이 드러나던 얼굴들은 지금 잠들어 있는 그에게서 빛을 빨아들인 것인지 한층 더 밝게 빛났다. 한개 달려 있는 큼직한 눈 덕분에 그것들은 빙글빙글 돌며 손쉽게 위치를 바꾸었다. 하지만 얼굴들이 눈에 보이지 않는 장벽에 닿자 해저에서 무엇인가 솟구쳐 그것들을 멀리로 튕겨내곤 했다. 둥그스름한 어떤 괴물의 축축한 눈길에서, 통통하게 살진 달의 눈동자에서, 혹은 빛줄기 머리카락을 봉두난발한 길 잃은 천사의 눈동자에서 알랭은 동일한 표정, 동일한 의사를 읽어냈다. 그들 가운데 아직 아무도 겉으로 드러내지는 않고 있었지만, 그들은 같은 의견이었고, 그것을 꿈속의 알랭은 기억에 또렷이 새겼다. '이들은 그 의견을 내일 내게 말해줄 거야.'

이따금 그 얼굴들은 폭발을 일으켜 소멸했다. 희미하게 빛나는 파편들이 사방으로 흩어지곤 했다. 어느 때는 단지 손, 팔, 이마, 생각이 가득 담긴 안구眼球로만, 반짝이는 먼지 같은 코, 턱으로만 남아 있을 때도 있었다. 그러면서 여전히 가운데가 불룩한 그 눈은 자신이 생각하는 것을 말해주어야 할 순간이면 고개를 돌렸다. 그러면 보이는 것은 그들의 검은 뒤통수뿐……

사아의 호위를 받으며 이렇게 알랭은 꿈속에서 여느 날 밤과 마찬가지로 난파를 겪고, 가운데가 불룩 나온 얼굴들과 눈들의 세계를 통과하고, 암흑지대를 지나갔다. 그 암흑지대는 강력한 어둠, 형용하기 어려울 정도로 다채롭고 마치 물에 젖은 색상들이 켜켜이 겹쳐진 듯 오묘한 어둠만을 허용하는 곳이었다. 아래로 내려간 그는 암흑지대 끝에 이르러 견고하고 아름다운 꿈 벽을 마주하고 섰다.

벽에 몸을 부딪자 큰 소리가 났다. 무수한 소리 파편이 튀어나와 꼬리를 길게 끌며 사라져가는 썸벌즈의 파열음 같은 소리였다. 이윽고 그는 꿈 도시에 들어와 있었다. 주위에 행인들이 오갔다. 그곳 주민들이 문지방까지 나와 서 있었고, 광장에는 금관을 쓴 경비원들이 보였다. 알랭이 따라가는 길에도 정체를 알 수 없는 형상들이 배치되어 있었다. 알랭은 실오라기 하나 걸치지 않은 몸에 막대기 하나만을 무기 삼아 들고 있었지만, 무척 영리하고 신중했다. '넥타이를 어떤 방식으로 솜씨를 부려 맨 다음, 조금 더 빠르게 걷는다면, 내가 벌거벗었다는 사실을 아무도 알아차리지 못하게 할 수 있어. 무엇보다 내가 휘파람을 불면 충분히 그렇게 만들 수 있어.' 그래서 그는 넥타이를 하트 모양으로 매고 휘파람을 불었다. '이건 휘파람 소리가 아닌걸. 지금 내가 내고 있는 소리는 말이야. 이건 가르랑거리는 것이잖아. 휘파람은 이렇게 불어야……' 하지만 그는 여전히 가르랑거리고 있었다. '아직은 방법이 남아 있어. 막다른 골목은 아니라고. 해가 쨍쨍 내려쬐는 이 장소를 벗어나야 하는데, 그러기만 하면 되는데, 문제는 군악대가 연주하고 있는 저 정자를 피해가는 일이야. 애들도 할 수 있는 방법이 있지. 힘차게 달려야겠어. 아슬아슬한 재주를 넘어 사람들의 주의를 돌리면서 말이야. 그러면 그 암흑지대에 가닿을 수 있을 거야……'

하지만 그는 갈색 피부를 지닌 어떤 형상의 뜨겁고도 위험한 눈초리 때문에 몸이 굳은 듯 꼼짝도 할 수 없었다. 그리스풍 옆얼굴을 지닌 그 형상의 움푹 들어간 큰 눈에는 욕정이 가득했다…… '암흑지대로 가야 해…… 어둠이 있는 그 지대로……' 이 '어둠'이라는 말이 떨어지자, 어둠의 길쭉한 두 팔, 살랑거리는 포플러 나무 잎사귀들을 가득 매단 정다운 팔이 뻗어와 알랭을 데려갔다. 얼마만큼인지 그 짧은 밤의 모험 가운데 가장 가늠하기 어려운 시간이 흐른 뒤 어둠의 팔은 그를 무덤에 내려놓았다. 살아 있는 자가 쫓겨나서 탄식하고, 눈물을 쏟고, 빠져나오려고 몸부림치다 죽은 뒤, 해가 떠오를 때 모든 기억을 잊고 다시 태어난다는 그 가묘假墓였다.

해가 중천에 떠서 볕이 창가에 넘실거릴 때 알랭은 잠에서 깨어났다. 빛을 받아 반투명이 된 노란 금작화 꽃송이가 사아의 머리 위로 늘어져 있었다. 낮의 사아, 순진무구한 청색 사아는 한창 몸단장 중이었다.

"사아!"

"므랭!" 암고양이는 햇빛 파편 같은 대답을 날카롭게 쏘아보냈다.

"배가 고픈가보지만, 그게 내 잘못이니? 정 못 참겠으면 그저 아래층으로 내려가서 네 우유를 달라고 하면 되었을 걸."

암고양이는 그의 목소리에 기분을 누그러뜨리고, 같은 대답을 한번 더 보내왔다. 더 나지막한 소리였다. 고양이의 붉은 입이 열려 흰 송곳니가 보였다. 오직 그만을 향한 충실한 애정이 담긴 암고양이의 눈길을 받자 알랭은 퍼뜩 정신이 들었다. '맙소사, 이 고양이를…… 이 고양이를 어쩌지…… 내가 결혼한다는 사실을 잊고 있었어…… 빠트리끄의 집에 가서 살아야 한다는 사실도……'

그는 고개를 돌려 크롬 사진액자를 바라보았다. 액자 안에 까미유가 기름을 듬뿍 끼얹은 것처럼 반들거리고 있었다. 머리카락의 한쪽 표면은 큼지막한 거울 반사면을 붙여놓은 듯했고, 입은 새까만 칠보를 입힌 것 같았다. 산울타리 같은 위아래 속눈썹 사이에 큰 안구가 들어앉은 눈이 있었다.

"전문 사진가의 작품이지." 알랭은 심드렁하게 중얼거렸다.

까미유를 닮지 않은, 그 누구도 닮지 않은 이 사진을 바로 그 자신이 자신의 방에 갖다놓기 위해 골랐다는 사실을 그는 이제 기억하지 못했다. '이 눈이야…… 이 눈을 봤어……'

그는 연필을 찾아들고 눈 안쪽을 가볍게 메웠다. 눈의 흰자위 부분은 줄어들었지만 결국 사진을 망쳤을 뿐이었다.

"무에끄 무에끄 무에끄…… 마아아아…… 마아아……" 사아가 말했다. 유리창과 망사 커튼 사이에 갇힌 작은 누에나방을 향해 던지는 말이었다.

사자 갈기처럼 털이 뻗친 턱이 바르르 떨리고 있었다. 암고양이는 갈망으로 인해 말을 잘 잇지 못했다. 알랭이 두 손가락으로 누에나방을 잡아 암고양이에게 내밀었다.

"이걸로 입맛을 돋우렴, 사아!"

갈퀴 하나가 정원에서 심드렁하게 자갈을 긁어모으고 있었다. 갈퀴를 앞뒤로 밀고 당기는 손을 알랭은 보지 않고도 볼 수 있었다. 늙은 여자의 손, 기계처럼 규칙적으로 움직이는, 완강하면서도 부드러운 손…… 그 손은 지금 희고 두터운 면장갑 안에 들어가 있을 터였다.

"안녕히 주무셨어요, 엄마?" 그가 큰 소리로 말을 건넸다.

목소리 하나가 멀리서 그에게 대답을 보내왔다. 무슨 말을 하는지는 알아들을 수 없었다. 다정한, 별 의미 없지만 그가 필요로 하는…… 웅얼거림이었다. 그는 뛰듯이 아래층으로 내려갔다. 암고양이도 그에게 바싹 붙어 따라내려갔다. 해가 환한 낮 동안에 암고양이는 일종의 부산스러운 개로 변신해서 계단을 요란하게 굴러내려오거나, 마법을 빼앗긴 채 할딱이며 뛰어 정원으로 내달을 줄도 알았다. 고양이는 작은 식탁 위로 올라가 알랭의 접시 옆, 아른거리는 햇빛 무늬 한가운데 자리 잡고 앉았다. 이미 숨이 끊어진 누에나방이 천천히 소임을 다했다.

알랭은 사아의 우유를 따라서 소금과 설탕을 조금씩 넣어 저은 다음, 맛을 음미하며 떠먹었다. 혼자 식사할 경우 그는 몇가지 행동을 부끄러워하지 않아도 됐다. 네살부터 일곱살 사이, 무엇인가에 광적으로 집착할 시기에 무의식적으로 형성된 행동들이었다. 버터를 내키는 대로 듬뿍 발라 빵의 '눈'이란 눈은 전부 막아버려도 좋았다. 까페오레를 잔에 부으면서 액체의 수위가 기준선으로 정해놓은 금박 당초무늬 하나를 넘어가자 마음껏 눈썹을 찌푸릴 수도 있었다. 첫번째 토스트 조각에 버터를 두껍게 발라서 먹었으므로 두번째는 아주 얇게 바르는 게 당연했다. 반면 까페오레를 잔에 더 부었다면, 거기에는 각설탕이 하나 더 들어가야만 했다…… 이윽고 아주 어린 알랭, 금발머리 미남 청년 속에 숨어 있던 꼬마 알랭이 머리를 내밀고는, 어서 식사가 끝나기를, 그래서 꿀단지 숟가락을, 연골 모양새를 한, 오래되어 거무죽죽해진 상아 숟가락을 위아래 전부 혀로 싹싹 핥아먹을 수 있기를 조바심을 내며 기다렸다.

'까미유는 지금 선 채로 식사하고 있을 거야. 이리저리 걸어다니면서 말이야. 얇은 햄 조각을 비스킷 사이에, 또 통감자 속에 끼워서 그대로 우물우물 먹을 테지. 그러고는 설탕도 넣지 않은 홍차 한잔을 이 가구 저 가구 위로 들고 다니다가 깜박 잊어버리고 말 테지……'

그는 눈을 들어 자신의 영토, 선택받은 아이의 이 영토를 둘러보았다. 그는 이 영토를 사랑했고, 자신이 이곳을 잘 안다고 믿었다. 머리 위 느릅나무 고목은 인정사정없이 가지를 쳐내 소사나무 분재 꼴이 되어 있었고, 그래서 바들거릴 것이라고는 그 끄트머리 노란 잎사귀들뿐이었다. 분홍색 끈끈이대나물들이 물망초를 가장자리에 두른 채 털이불처럼 잔디밭을 덮고 있었다. 고사목이 너그럽게 내어준 앙상한 팔꿈치에 마디풀이 매달려 바람이 불 때마다 늘어진 스카프처럼 펄럭였다. 그 스카프에는 보라색 꽃잎 네개를 펼친 참으아리가 군데군데 섞여 있었다. 스프링클러 하나가 외발로 서서 잔디 위로 꼬리를 펼쳤다. 그 흰 공작 꼬리가 펼쳐지자, 그 위로 금방이라도 사라질 것 같은 무지개가 장막처럼 어른거렸다.

"정말 아름다운 정원이야…… 정말 아름다운 정원……" 알랭은 나지막이 중얼거렸다. 그는 한쪽 구석에 쌓여 침묵을 지키는 건축 잔해, 철근, 시멘트 부대들을 언짢은 기분으로 훑어보았다. 그 더미들이 집의 서쪽 경관을 망치고 있었다. '아! 오늘은 일요일이지. 인부들이 쉬는 날이구나. 나로서는 한주 내내 일요일이었는데……' 젊은데다 변덕스러운 성격이고, 게다가 애지중지 떠받들어 키운 아들이었지만, 그래도 그는 영업일에 맞춰 엿새는 상점에 나가곤 했다. 그러면서 매일 일요일 같은 기분으로 지냈지만 말이다.

병꽃나무와 분홍 꽃송이를 피워올린 말발도리나무 뒤편으로 얼핏 흰 비둘기 한마리가 움직였다. '비둘기일 리 없어. 장갑을 낀 엄마의 손일 거야.' 커다란 흰색 장갑이 땅 표면 가까이에서 하룻밤 사이에 자라난 잡초 줄기를 걷어내고, 새로 고개를 내민 싹을 뽑아내고 있었다. 방울새 두마리가 식사 부스러기를 주워먹으려고 산책로 자갈 바닥에 날아와 앉았다. 새들의 움직임을 좇는 사아의 눈은 침착했다. 그렇지만 식탁 위 느릅나무에 박새 한마리가 거꾸로 매달려 도전하듯 암고양이를 불렀다. 사아는 미인다운 앞가슴을 쭉 펴고, 머리를 뒤로 젖힌 채 발을 모으고 앉아서 이 도발에 흔들리지 않으려고 애썼다. 하지만 양 볼은 화가 나서 불룩하게 부풀었고 작은 콧구멍이 축축이 젖어들고 있었다.

"넌 아름다워, 악마만큼이나! 악마보다 더 아름다워." 알랭이 고양이에게 말했다.

그는 잔인한 생각이 들어 있을 그 넓적한 두개골을 쓰다듬으려 했다. 그러자 암고양이가 느닷없이 그를 물었다. 노여움을 터뜨리는 한 방법이었다. 그는 손바닥에 맺힌 작은 핏방울 두개를 바라보았다. 쾌락의 절정에서 자기 계집에게 깨물린 남자의 분노 섞인 흥분이 밀려왔다.

"나쁜 년…… 나쁜 년…… 네가 나한테 무슨 짓을 했는지 봐……"

암고양이는 이마를 숙여 핏방울 위로 코를 갖다대더니 겁을 먹은 듯 그의 얼굴을 살폈다. 암고양이는 어떻게 해야 그의 기분을 풀어줄 수 있는지, 어떻게 해야 감동시킬 수 있는지 알고 있었다. 고양이가 다람쥐처럼 앞발을 모아 비스킷 한조각을 집어들어서 냅킨 위에 올려놓았다.

오월의 미풍이 이 둘을 스쳐불어가 노란색 장미나무 한그루를 낭창거리게 했다. 장미나무에서 활짝 핀 노랑싸리 꽃향기가 풍겨왔다. 암고양이, 장미나무, 쌍쌍이 모여앉은 박새, 그리고 번데기에서 갓 탈피한 풍뎅이들, 알랭은 인간의 시간 흐름에서 벗어난 순간을 맛보았다. 불안감이 일었다. 유년시절 속을 헤매고 있다는 착각이 들었다. 느릅나무들이 까마득히 높아지고, 산책로는 폭이 넓어져 아치를 이룬 마른 덩굴 아래로 사라졌다. 그러다 알랭은 쫓기는 꿈을 꾸다가 탑에서 떨어지며 잠을 깬 사람처럼 자신이 지금 스물네살이라는 사실을 다시금 의식했다.

'한시간 더 자둬야 했는데. 9시 30분밖에 안됐잖아. 오늘은 일요

일인걸. 나에게는 어제 역시 일요일이었지. 매일이 지겹도록 일요일…… 그렇지만 내일은……'

그는 사아에게 공범자의 미소를 보냈다. '내일은, 사아, 웨딩드레스 최종 가봉일이야. 내가 따라가지 않아도 돼. 나는 깜짝 선물을 받은 셈이지…… 까미유는 피부색이 꽤나 짙으니 흰 드레스를 입으면 돋보이겠군…… 그동안 나는 자동차를 보러 갈 거야. 장난감 같은 차야. 좀생이 같기도 하고. 까미유 말로는 로드스터라는 것인데…… '신혼부부'라면 반드시 가져야 한다나 뭐라나……'

마치 물고기가 수면을 향해 솟구치듯 암고양이가 허공에 수직으로 뛰어올라 검은줄흰나비 한마리를 낚아챘다. 고양이는 나비를 먹어치우고, 목구멍을 돋워 나비 날개 한짝을 다시 뱉어낸 뒤 자기 몸을 정성스레 핥았다. 이 샤르트뢰 고양이의 비단 털 위에 햇살이 아른거렸다. 산비둘기 목처럼 엷은 보라색을 띤 푸르스름한 털이었다.

"사아!"

암고양이가 고개를 돌려 그를 향해 활짝 웃었다.

"내 작은 살쾡이! 사랑하는 고양이! 세상 제일의 예쁜이! 우리가 헤어지게 되면 너는 어떻게 살까? 우리 둘이 같이 수도원에 들어갈까? 우리 둘이 같이…… 모르겠다, 나도……"

암고양이는 그의 말을 들으며 다정하게, 또한 딴전을 부리는 양 무심하게 그를 바라보았다. 그렇지만 그의 목소리가 좀더 심하게 떨리기 시작하자 눈길을 다른 데로 돌렸다.

"무엇보다 네가 우리와 함께 가야 해. 넌 자동차를 싫어하지 않잖아. 로드스터 대신 까브리올레를 타고 가면, 좌석 뒤편으로 테두리 공간이 있는데……"

그는 말을 끊더니 얼굴이 어두워졌다. 젊은 여자 목소리, 최근에 그녀가 한 말이 기억난 탓이었다. 힘이 넘치는, 야외에서 출석을 부르기에 바람직한 낭랑한 그 목소리는 '아'와 '오' 발음을 유난히 강조하면서 로드스터의 많은 장점을 어떻게 알았는지 일일이 주워섬겼다. '게다가 전속력으로 달리면서 자동차 앞유리창을 내리면, 알랭, 이건 정말 끝내줘. 뺨의 살가죽이 귀까지 밀려가는 느낌이라니까……'

"무엇이 귀까지 밀려간다는 것인지, 상상이 되니, 사아? 참 나, 끔찍해서……"

그는 입술을 꼭 다물고는, 무엇인가를 한사코 감추는 고집 센 아이의 실쭉한 얼굴을 했다.

'아직 말을 꺼내지는 않았지. 그래도 내가 까브리올레를 더 좋아한다는데, 어쩔 거야? 하여간 나도 발언권이 있잖아?'

그는 노란 장미나무를 마치 그것이 목소리가 대단한 그 젊은 여자이기나 한 듯이 흘겨보았다. 또 한번 산책로가 넓어지고, 느릅나무들은 높이 솟아오르고, 마른 포도덩굴은 되살아났다. 어린 알랭이 거만하게 이마를 높이 치켜든 친척 아주머니 두세사람의 치마폭에 몸을 숨긴 채 어떤 다른 가족을 훔쳐보고 있었다. 단출한 가족이었다. 덩치 큰 어른 사이에 끼인, 가무잡잡한 어린 계집아이가 눈길을 붙잡았다. 계집아이의 큰 눈과 둥글게 말린 검은 머리카락은 어느 쪽이 더욱 적대적으로, 또한 더욱 광물 같은 질감으로 번쩍거리는지 경쟁이라도 붙은 듯했다. '말해봐, 안녕이라고…… 어째서 넌 인사하려고 하지 않는 거니……?' 오래전의 목소리 하나가 그의 귓가에 울렸다. 기어들어가듯 작은 목소리, 유년시절을 보내고, 소년이 되고, 학교에 가고, 지루한 군 생활을 거치고, 시늉뿐이었지만 삶에 대해 고민하던 시기를 거쳐, 시늉일 뿐이지만 판매업에서 경력을 쌓아온 십수년 동안 지워지지 않고 간직되어온 목소리였다. 까미유는 인사하려 하지 않았다. 그녀는 양 볼을 입안으로 빨아들여 홀쭉하게 만들고는, 여자아이들이 무용할 때 하는 인사 동작을 하는 듯 마는 듯 뻣뻣하게 해 보였다. '하지만 그 여자는 그런 동작을 다리 꼬기 인사법이라고 우기더군. 그런데 그 여자는 화가 나면 여전히 볼 안쪽을 깨물어. 이상한 일이야, 그럴 때는 그녀가 못생긴 얼굴로 보이지 않거든.'

그는 슬그머니 웃었다. 약혼녀가 그럭저럭 흡족했다. 요컨대 그녀가 건강해서, 몸이 달아올랐을 때 고상한 척 내숭 떨지 않아서 마음에 들었다. 순진무구한 아침이 지켜보는 앞에서 그는 어떤 영상들을 떠올려 음미했다. 때로는 남자로서의 허세와 조급한 갈증을 자극하는 데 안성맞춤인, 때로는 그를 겁먹게, 다시 말해 혼란스럽게 하는 영상들이었다. 흥분이 가라앉을 즈음, 그는 해가 지나치게 창백하다는 생각을 했다. 바람도 건조했다. 암고양이는 어딘가로 가버렸는지 보이지 않았다. 그렇지만 알랭이 몸을 일으키자 고양이는 바로 뒤에 붙어, 암사슴처럼 큰 보폭으로 우아하게 발을 떼어놓으며, 붉그름한 모래자갈 산책로의 둥근 조약돌들을 요리조리 피하며 따라왔다. 둘은 함께 '공사현장'까지 가서, 적의를 나누어 품고, 건축 부산물 더미를 둘러보았다. 유리 없이 문틀만 벽체에 새로 끼워놓은 상태인 발코니 문, 욕조용 거품목욕 장치, 도자기 타일도 감시인의 눈길로 훑었다.

비슷하게 기분이 언짢아진 둘은 자신들의 과거와 현재가 입은 손실을 계산했다. 수령이 오래된 주목 한그루가 땅에서 뽑혀나와 거꾸로 처박힌 채, 헝클어진 뿌리를 위로 쳐들고 천천히 말라죽어가고 있었다. "안돼, 안돼, 이렇게 되도록 놓아둬서는 안되는 일이었어." 알랭은 낮게 중얼거렸다. "이건 치욕이야. 사아, 너는 이 나무를 만난 게 겨우 삼년 전이지. 이 주목 말이야. 하지만 나는⋯⋯"

사아는 주목이 뽑혀나온 흙구덩이 안쪽에서 두더지 냄새를 맡았다. 냄새가 아니더라도 고양이는 두더지의 형상을 포착했다. 잠깐 동안 고양이는 미친 듯이 날뛰었다. 폭스테리어처럼 흙을 파헤치고 도마뱀처럼 뒹굴더니 두꺼비처럼 네발로 뛰어올랐다가 훔친 달걀을 갈무리하는 들쥐처럼 뒷다리를 벌려 흙뭉치를 깔고 앉았다. 이 일련의 몸부림 끝에 고양이는 흙구덩이에서 달아났다. 그러고는 잔디밭 위로 가서 도도하고 새침하게 앉아 숨을 골랐다.

알랭은 진지한 표정으로 꼼짝도 하지 않고 서 있었다. 사아가 자기 속의 악마들에게 홀려 날뛰는 동안 그는 차분한 태도를 유지할 줄 알았다. 고양이에 대한 감탄과 이해, 이런 기본적인 것을 그는 태어날 때부터 지니고 있었고, 그런 덕분에 사아의 말을 쉽게 알아들었다. 그는 이 암고양이를 한편의 걸작을 읽듯이 읽곤 했다. 한 고양이 전람회를 둘러보고 나오면서 뇌이의 짧게 깎은 잔디밭 위에 새끼 암고양이를 내려놓았던 그날 이후로 죽 그랬다. 태어난 지 다섯달 된 새끼였다. 알랭이 그 새끼고양이를 산 이유는 녀석이 아주 예뻤기 때문이었다. 게다가 그 고양이는 조숙한 위엄을 지니고 있었고, 뭔가 일찍 체념해버린 듯 우리 창살 뒤편에서 다소곳한 모습을 보이고 있었다.

"앙고라 고양이를 사는 게 더 나았을 텐데, 왜 이놈을 샀어요?" 까미유가 물었다.

'그 당시에는 그 여자가 내게 깍듯이 존댓말을 썼었지.' 알랭은 생각했다. '그때 내가 데려온 것은 그저 평범한 새끼고양이 한마리가 아니었어. 나는 고양이의 고상함을 데려온 거야. 세상사에 욕심이 없는 듯 그 한없이 무심한 태도, 그 예의 바름, 인간 가운데 탁월한 자질을 지닌 자들과의 친화력…… 그런 것을 말이야.' 그는 얼굴을 붉히면서 이런 생각을 속으로 변명했다. '사아, 뛰어난 인간들이 너를 제일 잘 이해할 거야……'

하지만 아직은 '이해하다' 대신에 '닮았다'라고 생각하는 정도는 아니었다. 그는 인간에 속하고, 인간이란 자신이 동물임을 인정하는 것을, 동물과 유사성이 있다고 생각하는 것조차 금기시하니까 말이다. 그러나 자동차라든가 여행, 희귀 장정 서적, 스키 같은 것에 열광할 나이였음에도 알랭은 어쨌거나 '새끼고양이를 사들인 청년'이었다. 새끼고양이가 만드는 반향이 알랭의 좁은 세계에 울려퍼졌다. 쁘띠샹 거리에 자리 잡은 '앙빠라 부자父子 상회'의 점원들은 깜짝 놀랐고, 뵈에 씨는 이 '작은 짐승'에 대해 궁금해했다……

'너를 선택하기 이전이었다면, 사아, 나는 무엇인가를 선택할 수 있다는 사실도 결코 몰랐을 거야. 어쨌거나…… 내가 결혼하겠다고 결심하니까 모두들 그리고 까미유가 기뻐하고 있어. 나 역시 결혼이 좋을 때도 있어. 하지만……'

그는 초록색 벤치에서 몸을 일으키며 거만한 미소를 머금었다. 말메르 세탁물 탈수기 집안의 딸과 친절하게도 결혼해주는 앙빠라 집안 아들의 미소였다. '우리와는 수준이 맞지 않는 처녀'라는 것이 그 집 딸에 대한 앙빠라 부인의 평가였다. 그러나 알랭은 말메르 세탁기 집안사람들이 견직업을 하는 앙빠라 집안에 대해 자기들끼리 쑥덕거릴 때 턱을 거만하게 치켜들며 빠짐없이 끼워넣는 말이 있다는 사실을 모르지 않았다. '앙빠라 집안은 이제 견직업과는 아무 상관이 없어. 그 부인과 아들은 비단포목점 외에는 돈이 들어올 곳이 없거든. 게다가 그 집 아들은 그 포목점에서 주인 행세도 못하는 처지야……'

흥분을 가라앉힌 암고양이는 황금색 부드러운 눈을 하고, 머릿속으로 주고받는 친밀한 대화가 다시 시작되기를, 그가 하는 말을 정신적 감응으로 알아들을 수 있게 되기를 기다리는 것 같았다. 그래서 고양이는 그가 보내오는 속삭임을 향해 귀를 뾰족 세우고 있었다. 귀 가장자리가 햇빛을 받아 은빛으로 빛났다.

'네가 그저 순수하고 영롱한 고양이기만 한 건 아니야, 넌 그렇지는 않아.' 알랭이 말을 꺼냈다. '너에게 처음 집적거렸던, 꼬리 없는 그 흰 수고양이, 너도 기억하지, 오, 내 못난이, 헤픈 년, 내 사랑스러운 바람둥이……'

까미유는 화가 나서 언성을 높이곤 했었다.

'이놈은 나쁜 어미예요. 당신 고양이 말이에요! 자기 새끼들을 빼앗아가는데도 아무 관심이 없다니까요!'

'하지만 그건 결혼하지 않은 여자들이 쉽게 하는 비난이야.' 속으로 중얼거리며 알랭은 얕잡아보는 표정을 지었다. '결혼하지 않은 여자들은 누구나 자신들이 좋은 엄마가 될 줄 알거든. 직접 겪어보기도 전에 말이야.'

묵직하고 둔탁한 초인종 소리가 고요한 대기에서 아래로 툭 떨어졌다. 이어서 알랭은 죄지은 사람처럼 벌떡 몸을 일으켰다. 자갈이 자동차 바퀴에 깔리는 소리를 들은 것이다.

신경질적으로 떨리는 손을 다독이면서 그는 파자마 상의를 여미고 허리끈을 다시 조여맸다. '자, 내가 무슨 꼴을 당해야 하는 걸까? 일주일 후면 이런 일을 숱하게 겪게 될 테지…… 사아, 너도 와서 저 여자를 마중할래?'

그렇지만 사아는 어디론가 사라지고 보이지 않았다. 벌써 까미유는 씩씩한 발걸음으로 잔디밭을 건너오는 중이었다. '아! 저 여자는 정말이지 멋져……' 몸속의 혈액이 감미롭게 솟구쳐 목구멍을 조이고 양 볼을 붉게 물들였다. 그는 까미유의 모습을 빨려들듯이 바라보았다. 그녀는 흰옷을 입고, 검은 머리카락을 관자놀이 위로 작은 붓처럼 바싹 붙여 커트한 머리 모양새를 하고, 목에는 빨간색 가느다란 타이를 매고 있었다. 입술에 바른 립스틱 색깔도 타이와 같은 빨강이었다. 능숙한 솜씨로, 일부러 자연스러워 보이기 위해 한 화장이어서, 그녀의 젊음은 잠시만 지나면 분명히 드러나곤 했다. 황갈색 연지분 아래로는 흰 뺨이, 거의 검정색인 큰 눈 둘레에 엷게 칠한 베이지색 아이섀도우 아래로는 쌍꺼풀 없는 눈두덩이 고스란히 비쳐 보이는 것이다. 왼손에 아주 최근부터 자리 잡게 된 다이아몬드가 햇빛을 수많은 유색 파편으로 부수고 있었다.

"어머!" 그녀가 외쳤다. "아직까지 준비도 하지 않았잖아……! 시간이 이렇게 되었는데……!"

그러나 그녀의 시선은 알랭의 헝클어진, 걸핏하면 뻗치는 그 금발 머리카락, 파자마 아래 드러난 벗은 가슴, 당황해서 발그레해진 뺨에 가서 멈췄다. 그녀의 표정은 남자를 바라보는 여자의 뜨거운 너그러움을 거침없이 드러내고 있었고, 그 바람에 알랭은 그녀에게 정오 십오분 전의 키스건, 정원 혹은 숲에서의 키스건 할 엄두가 나지 않았다.

"키스해줘." 그녀가 속삭이듯 아주 낮은 목소리로 말했다. 그녀는 구조를 요청하는 사람 같았다.

그는 어색했고 불안했다. 자신을 보호해주어야 할 얇은 파자마는 그다지 미덥지 못했다. 그는 야트막이 깔린 관목들을 눈짓으로 가리켰다. 관목의 붉은 꽃송이들 뒤편에서 전지하는 가위질 소리와 갈퀴 소리가 들려오고 있었다. 그의 목에 매달리려던 까미유가 동작을 멈추었다. 그녀는 눈을 내리깔더니, 나무 잎사귀를 하나 땄다. 반드르르한 붓 같은 머리카락이 다시 볼 위로 가지런히 붙었다. 하지만 그는 그녀가 턱을 위로 치켜들며 콧구멍을 벌름거리는 것을 보면서, 그녀가 대기 속에서 옷을 제대로 여미지 못한 한 금발 육체의 향기를 야만스럽게 찾고 있다는 생각을 했다. 또한 그가 남몰래 내린 판결에 따르면, 그녀는 그 육체를 겁없이 다소 함부로 대하고 있었다.

잠을 깼지만 그는 침대에서 금방 몸을 일으키지 않았다. 잠 속에서 내내 강박증처럼 낯선 침실에 쫓긴 그는, 눈꺼풀만 조금 벌린 상태로, 자는 동안에도 자신이 계속해서 계략에 말려든 상태였는지, 여전히 구속을 벗어나지 못한 것인지 시험해보았다. 왼팔을 뻗어 이불 끝자락 즈음에 놓아두고, 다가오는 것의 정체를 파악할 준비를 하고, 또한 여차하면 밀어낼 태세를 갖추고 대기한 것이다…… 하지만 그의 왼편 넓은 침대 공간은 비어 있었고, 사람의 체온 없이 청량했다. 벽면이 셋인 이 삼각형 침실에서 침대 맞은편에 각을 겨우 둥글린 벽 모서리가 보이지 않았더라면, 푸른빛이 도는 기괴한 어둠이 아니었더라면, 그리고 커튼처럼 드리운 이 억센

암고양이 45

어둠을 두쪽으로 가르는 선명한, 호박색琥珀色 칸나처럼 노르스름한 빛줄기가 없었더라면, 알랭은 다시 잠 속으로 빠져들었을 것이다. 입속에서 자장가 삼아 웅얼거리는 흑인영가 한가락에 실려서 말이다.

그는 조심스럽게 고개를 돌려 슬며시 눈을 떠보았다. 젊은 여자가 보였다. 그 여자는 좁은 개울 같은 햇살 줄기에 잠겼다가 다시 어스름한 미광 속으로 들어오면서 그때마다 새하얗게 바랬다가 다시 담청색을 띠곤 했다. 그녀는 맨몸이었고, 손에 빗을 들고 입에 담배를 문 채 콧노래를 흥얼거리고 있었다. '뻔뻔하기도 하지.' 그는 속으로 중얼거렸다. '벌거벗은 거야? 대체 자기가 어디 있다고 생각하는 거지?'

그는 늘씬한 두 다리를 알아볼 수 있었다. 오래전부터 자신이 익숙하게 보아온 다리였다. 하지만 배로 눈길을 옮기고는 흠칫했다. 그녀의 배는 조금 낮게 자리 잡은 배꼽으로 인해 짤막해 보였다. 그 나이 때는 누구라도 누리는 젊음이 그녀의 근육질 엉덩이를 구제하고 있었다. 젖가슴은 눈에 띄게 드러나는 갈비뼈 위에서 오히려 가벼워 보였다. '그렇다면 저 여자는 마른 몸집인가?' 완강해 보이는, 가슴과 같은 넓이의 등이 알랭에게 거부감을 불러일으켰다. '천민의 등이군……' 바로 그때 까미유가 창문 하나에 팔꿈치를 괴었다. 등이 둥글게 굽고 어깨가 솟아올랐다. '가정부의 등이야.' 그녀는 별안간 몸을 일으켜세우더니 춤을 추며 크게 두걸음 내디뎌 허공을 상대로 사랑스러운 포옹 동작을 했다. '아냐, 그렇지 않

아. 저 여자는 아름다워. 하지만 정말이지…… 정말이지 배짱도 좋
아. 나를 죽은 사람으로 취급하는 건가? 아니면 저렇게 홀랑 벗고
돌아다니는 것을 아주 자연스러운 일로 생각하는 걸까? 오! 하지
만 달라질 테지……'

그녀가 침대를 향해 몸을 돌리자 그는 눈을 감았다. 눈을 다시
떴을 때 까미유는 화장대 앞에 앉아 있었다. 두사람이 '투명화장
대'라고 부르는, 검은색 철골조 위에 두꺼운 반투명 판유리를 올
려놓은 것이었다. 그녀는 얼굴에 파운데이션을 바르고 손가락 끝
으로 볼과 턱을 두드렸다. 그러더니 별안간 미소를 지으며 엄숙하
고 나른하게 시선의 방향을 바꾸었다. 그런 시선의 표정이 알랭의
경계심을 풀어놓았다. '그러니까 저 여자는 즐거워하고 있는 거
지……? 무엇이 즐거운 걸까? 나는 즐거움을 주는 사람이라고 할
수 없는데…… 그런데 어째서 옷을 홀랑 벗고 있는 거야……?'

"까미유!" 그가 소리 내서 불렀다.

그는 그녀가 욕실로 달아날 거라고, 아랫도리를 손으로 가리고
구겨진 속옷을 아무거나 집어 젖가슴 위에 걸칠 거라고 생각했다.
그러나 그녀는 달려와서 누워 있는 이 청년 위로 몸을 숙였다. 그
러고는 그의 팔 아래쪽에 웅크려 배 근처에 조촐하게 피어난 검푸
른 해초에 얼굴을 묻고는, 가무잡잡한 피부답게 강렬한 체취를 그
에게 안겨주었다.

"자기! 잘 잤어?"

"홀딱 벗고 있잖아!" 그가 비난조로 말했다.

그녀는 우스꽝스러운 연기를 하듯이 눈을 크게 떠 보였다.

"응, 그럼 자기는?"

그는 허리띠 있는 데까지 맨몸을 드러낸 터라 대답할 말이 궁했다. 그녀는 그에게 보이기 위해 이리저리 거닐었다. 너무나 당당한, 수줍음과는 너무나 거리가 먼 태도여서 그는 침대 위에 구겨져 있는 파자마를 집어들어 그녀에게 다소 거칠게 던졌다.

"어서 이거 입어! 나 배고파, 어서!"

"뷔끄 아주머니가 준비하고 있어. 만사 오케이 정상 작동 중이라고!"

그녀가 방을 나가자 알랭은 침대에서 일어나려고 했다. 옷을 찾아입고, 헝클어진 머리카락을 다듬고 싶었다. 하지만 까미유가 투박한 새 목욕가운을 끈으로 묶어 입고 다시 나타났다. 가운 자락이 너무 길었다. 그녀는 쟁반에 음식을 담아들고 발랄하게 들어왔다.

"정말 뒤죽박죽이네, 어쩌면 좋아! 대접은 하나, 내열유리잔도 하나, 설탕은 통 뚜껑에 담겨 있고…… 다 해결될 거야…… 햄이 말라버렸네…… 이 복숭아들은 희끄무레해졌어. 어제 피로연에서 남은 것들이야…… 뷔끄 아주머니에게는 주방 가전제품들이 있으나 마나야. 어떻게 해야 전기가 들어오는지 방법을 가르쳐줘야겠어…… 게다가 내가 냉동실 얼음 칸에 물을 부어놓았거든…… 아! 마침 내가 그 자리에 있었기에 망정이지……! 여기 계신 신사님은 커피를 아주 뜨겁게 해서, 우유도 펄펄 끓는 것을 넣어 마시지. 또 버터는 녹지 않은 상태로…… 안돼, 그건 내 홍차야, 그건 손대지

마. 무엇을 찾는 거야?"

"아니, 아무것도……"

커피 향기를 맡자 그는 사아를 찾아 두리번거리고 있었다.

"지금 몇시야?"

"드디어 다정한 말 한마디 들어보네!" 까미유가 말했다. "아주 이른 시각이에요, 서방님. 주방 시계로 8시 15분인 걸 봤어."

두사람은 식사를 하며 자주 웃었고, 말은 거의 나누지 않았다. 초록색 방수포 커튼 냄새가 점점 짙어지는 것을 느끼며 알랭은 햇볕이 맹렬하다는 걸 짐작할 수 있었다. 두사람 주위도 더워지고 있었다. 바깥 거리에 쏟아지고 있을 그 강한 햇빛이 그의 머릿속에 맴돌았다. 당분간 그들이 머물러 살아야 하는 까르드브리 아파트에서 내려다보이는 낯선 지평선, 이 건물의 현기증 나는 열개의 층, 그 괴상한 건축 모양새도 뇌리에서 떨어버릴 수 없었다.

그는 자신이 할 수 있는 한 최선을 다해 까미유의 말에 귀를 기울였다. 어쩌다보니 와서 살게 된 이 집에서 지난밤 두사람 사이에 있었던 일을 그녀가 잊은 척하는 것이 그로서는 충격이었다. 경험 있는 여자인 척하는 것도, 식을 올린 지 적어도 일주일은 된 노련한 새색시처럼 수줍음이라고는 없는 것도 충격이었다. 그녀가 옷을 다 찾아입은 다음부터 그는 고마움을 그녀에게 내보일 방법을 찾고 있었다. '이 여자는 내가 자신에게 한 행동에 대해서도, 하지 못한 행동에 대해서도 원망하지 않아, 어쩌지…… 아무튼 제일 골치 아픈 시간은 지나갔어. 찜찜하고 고통스러운 이런 일, 첫날밤이

라는 것이 대개 이런 것인가? 성공도 실패도 아닌……'

그는 진심을 담아 그녀의 목을 팔로 껴안고 키스했다.

"오……! 다정하기도 해라……!"

그녀는 자신이 너무 큰 소리를 낸 것에, 너무 솔직하게 반응한 것에 얼굴이 붉어졌다. 그는 그녀의 눈에 눈물이 가득 고이는 것을 보았다. 하지만 그녀는 과감하게 자신들의 감동을 떨쳐버리고 달아났다. 쟁반을 가져다놓겠다는 구실로 침대에서 벌떡 몸을 일으켜…… 창문 쪽으로 달려가다가 너무 긴 목욕가운 자락에 발이 감겼다. 그녀는 거친 욕설을 내뱉으며 커튼 끝을 붙잡고 매달렸다. 방수포 커튼이 열렸다. 빠리와 그 외곽지역이 단번에 이 삼각형 방, 한 면만 시멘트 벽이고 다른 두 면은 중간 높이의 유리창이 있는 방으로 들어왔다. 도시는 푸르스름했고 사막처럼 끝없이 펼쳐졌다. 아직 연두색이 남아 있는 푸른 초목들과 곤충 등딱지처럼 금청색으로 반짝이는 유리창들이 얼룩처럼 흩어져 있었다.

"전망이 좋구나." 알랭이 나지막이 말했다.

하지만 이 말에는 반쯤 거짓이 섞여 있었고, 그래서 그의 머리도 기댈 곳을 찾아 기울어졌다. 관자놀이가 가닿은 젊은 어깨에서 타월지 목욕가운이 미끄러져 내렸다. '이 집은 사람이 살기에는 어울리지 않아. 자기 방, 자기 침대에서도 이 모든 게 내려다보이다니…… 폭풍우 치는 날에는 어쩌라고? 등대 꼭대기에 올라앉아, 아우성치는 바닷새들 사이에서 버티는 꼴이 될 테지……'

침대로 다시 돌아온 까미유가 그의 목에 팔을 걸고는, 빠리의 현기중 나는 지평선 끝자락을 담담하게 바라보다가 그의 헝클어진 금발머리로 다시 시선을 돌리곤 했다. 그녀는 다시금 도도해져 있었다. 마치 다음번 맞을 밤, 앞으로의 나날들에 돌려받을 빚이 있는 것 같았다. 오늘 획득한 특권, 다시 말해 함께 쓰는 침대에 뛰어올라 이불을 흩뜨릴 특권, 어깨와 허리께를 젊은 남자의 벗은 몸 위에 걸치고, 그 몸의 색깔, 그 굴곡진 형태, 그 무례함을 익숙하리만큼 탐닉할 특권, 자신이 탐내는, 예기치 못하게 질주하는 성性의 기묘한 동기가 되어주는 그 메마르고 작은 젖꼭지, 그 허리께에 자신 있게 눈길을 멈출 특권이 만족스러운 게 틀림없었다.

그들은 시든 복숭아를 우물거리며 나눠먹고, 복숭아를 먹은 입으로 예쁜 치아를, 피곤한 아이같이 조금 창백한 빛의 잇몸을 서로에게 드러내 보이며 웃었다.

"어제는 정말 좋았어……!" 까미유가 한숨을 내쉬었다. "사람들이 걸핏하면 결혼하는 게 이해가 돼……!"

자만심이 다시 발동한 그녀가 덧붙였다.

"게다가 훌륭한 결혼식이었지. 실수가 조금도 없었어, 그렇잖아?"

"그래." 알랭이 심드렁하게 대답했다.

"오! 자기는…… 자기 엄마와 꼭 같아! 어쨌건 자기 집 잔디밭이 망가진 것만 아니면, 조약돌 산책길이 담배꽁초로 더럽혀진 것만 아니면, 자기와 자기 엄마는 뭐든 다 좋았을 테지. 그렇잖아? 그래도 역시 우리가 뇌이에서 결혼식을 올렸다면 더 멋졌을 텐데. 단지 저 신성불가침 암고양이한테만 불편한 일이었을 테지…… 뭐야, 이 심술쟁이, 뭐야……? 뭘 보느라고 그렇게 사방 두리번거리는 거야?"

"아무것도." 그는 진지하게 대답했다. "쳐다볼 것도 없는데, 뭐. 화장대를 봤어. 의자도 봤고──우리는 침대도 보았지……"

"이 집에서 살지 않을 생각이야? 나는 여기가 마음에 들어. 생각해봐, 방이 세개야. 게다가 테라스가 세군데라고! 계속 이 집에서 사는 건 어때?"

"그럴 때는 '우리가 계속 이 집에서 사는 건 어때?'라고 말해야 맞아."

"그러곤 어째서 번번이 주어를 빼고 말하느냐고 타박할 거지? 좋아, 우리라고 한 걸로 치고, 아무튼 계속 이 집에서 사는 건 어때?"

"하지만 석달 후에는 빠트리끄가 여행에서 돌아와."

"그래 봤자! 돌아오라지. 여기 살겠다고 그에게 이야기하지, 뭐. 그러고는 그를 바깥으로 집어던지는 거야."

"오……! 당신이 그렇게 해볼래?"

그녀는 검은 머리를 끄덕였다. 그 모습에는 양심에 켕기는 일을 할 때 엿볼 수 있는 여성 특유의 여유로움이 반짝였다. 알랭은 눈으로 그녀를 나무라려고 했다. 그러나 그런 시선을 받자 까미유의 태도가 바뀌었다. 그가 자신이 겁을 내고 있다고 느끼는 만큼이나 그녀도 겁이 난 표정이 되었다. 그래서 그는 서둘러 그녀의 입에 입술을 가져다댔다.

그녀도 말없이, 서둘러, 그에게 마주 키스하며 허리를 움직여 침대 한가운데로 몸을 옮겨갔다. 그러면서 동시에 복숭아 씨앗을 쥐고 있던 다른 한 손으로 허공을 더듬어 빈 잔이나 재떨이를 찾으려고 했다.

그는 아내 위로 몸을 굽혀 손으로 어루만지면서, 그녀가 다시 눈을 뜨기를 기다렸다.

그녀는 눈을 더 꼭 감아 반짝이는 눈물방울 두개가 굴러떨어지지 않게 하려 했다. 그는 이런 조심성과 도도함을 존중했다. 그녀와 그, 이 두사람은 아침 더위의 도움을 받으며, 서로의 체취와 민감한 두 육체의 도움을 받으며, 고요함 속에서 최선을 다했다.

알랭은 까미유의 가쁜 숨소리, 그리고 그녀가 입증해 보인 어떤 뜨거운 순종의 태도, 약간은 무례한, 그러면서 큰 쾌감을 불러일으키는…… 열정을 기억해냈다. 그녀는 그가 만난 어떤 여자와도 닮지 않은 사람이었다. 두번째로 그녀를 소유하면서 그는 그녀가 마땅히 받아야 할 배려만을 생각했다. 그녀는 그에게 등을 돌린 자세로 누워 있었다. 두 팔과 다리를 부드럽게 굽히고, 두 손은 반쯤 쥔 모습이었다. 그녀가 처음으로 고양이처럼 느껴졌다. '사아는 어디 있을까……?'

마치 자동기계이기나 한 듯이 그는 까미유의 몸 위에서 손을 놀렸다. 그것은 '사아를 즐겁게 해주기 위해' 하는 손동작으로, 손톱을 세워 배를 부드럽게 훑어내려가서…… 그녀가 깜짝 놀란 듯 비명을 질렀다. 그녀의 두 팔에 빳빳이 힘이 들어가더니 그중 한 팔이 알랭의 뺨을 한대 올려붙였다. 알랭은 하마터면 자신도 그녀를 맞받아칠 뻔했다. 까미유는 몸을 벌떡 일으켜 앉아 말려올라간 머리타래 아래 적의가 가득 담긴 눈을 하고는 위협하듯 그를 노려보았다.

"자기 혹시 나쁜 버릇이 있는 거야?"

전혀 예상하지 못한 질문이었다. 그는 웃음을 터뜨렸다.

"웃을 일이 아니야!" 까미유가 소리쳤다. "이런 식으로 여자를 할퀴면서 간질럼 태우는 남자들은 못된 남자들이야. 변태들이라고!"

그는 침대에서 내려와 배를 잡고 웃어댔다. 자신이 벌거벗었다는 사실도 잊었다. 까미유가 별안간 조용해지자 그는 고개를 돌려보았다. 무르익은 그녀의 얼굴, 혼약의 밤을 지나 이제 막 자신의 것이 된 젊은 남자의 모든 것을 놀라서 주시하고 있는 그 얼굴이 눈에 들어왔다.

"나 잠시 샤워하고 올게, 괜찮지?"

그는 유리문을 열었다. 두사람이 삼각형의 빗변이라고 이름 붙인 가장 긴 벽면의 한쪽 끝에 나 있는 문이었다.

"그러고 나서 엄마한테 잠시 다녀올게……"

"그렇게 해…… 내가 함께 가는 건 싫어?"

그는 기분이 상한 것 같았다. 그녀는 그날 처음으로 얼굴을 붉혔다.

"공사가 제대로 진행되고 있는지 보러 가는 거니까……"

"오호! 공사현장을 보러 가겠다고…… 당신이 우리가 살게 될 방에 관심이 있다고, 그 건축공사에? 솔직히 말해—그녀는 팔짱을 끼면서 비극을 연기하는 여배우가 되었다—솔직히 말해, 내 시앗 년을 보러 가는 거잖아!"

"사아는 당신의 경쟁자가 아니야." 알랭이 짤막하게 대꾸했다.

'사아가 어떻게 당신의 경쟁자가 될 수 있겠어?' 그는 속으로 생각을 이어갔다. '당신이 경쟁자를 찾고 싶다면 불순한 여자들 중에서나……'

"내 말이 아니다 싶어도 그렇게 정색할 필요는 없는데, 자기. 어서 가봐! 뻬르레오뽈드에 가서 식사하기로 한 것 잊지 않았지? 남장을 하고 가기로 했잖아. 드디어 남장을 해보게 되었어! 일찍 들어올 거지? 차를 시운전해보기로 한 것도 잊지 않았지? 내 말 듣고 있는 거야……?"

'들어올 거지?'라고 묻는 말이 유난히 그의 귀에 들어와 박혔다. 이 들어오다,라는 단어가 어떤 새로운, 기괴한 의미를 띠고 있었다. 그로서는 아무래도 받아들이기 힘든 의미인 탓에 그는 흘기듯 삐딱한 시선을 까미유에게 던졌다. 그녀는 보란 듯이 갓 결혼한 새색시의 피로를 과시했다. 눈을 일부러 크게 떠서 아래 눈꺼풀의 가느다란 경련을 일부러 내보였다. '너는 매번 어느 때건 잠에서 깨어나기만 하면 눈을 그렇게 크게 뜰 작정이야? 눈꺼풀을 중간쯤 닫을 줄 모르나보지? 그렇게 활짝 열린 눈을 보고 있자니 두통이 생겨……'

그는 그녀에게 소리 내지 않고 말을 던지면서 어떤 부정직한 쾌감, 스치듯 안락한 기분을 느꼈다. '진지하게 말을 꺼내는 것보다 이러는 편이, 여하튼, 기분을 덜 상하게 할 테니까……' 그는 네모꼴 욕조에 서둘러 몸을 담갔다. 물은 따뜻했다. 홀로 있을 수 있으니 마음대로 생각에 빠져들 수 있을 것 같았다. 하지만 거울이 붙은 출입문이 삼각형 빗변에 자리 잡고 그를 머리부터 발끝까지 고스란히 비추고 있었다. 알랭은 자기만족감에서 오는 느린 동작으로 천천히 문을 열어젖혔다. 그러고는 문을 다시 닫는 일은 서둘지 않았다.

한시간 후 아파트를 나서면서 그는 출입문을 착각했다. 출입구인 줄 알고 문을 열고 나와보니, 이 까르드브리 건물의 테라스들 가운데 하나였다. 바람이 얼굴을 정면으로 무심하게 쳤다. 뿌연 대기를 쓸어가서 빠리에 푸른 생기를 부여해주는 동풍이었다. 덕분에 저 멀리 싸크레꾀르 대성당이 몸집을 선명히 드러내고 있었다. 시멘트 난간 위에 누군가 처음에는 좋은 마음으로 가져다놓았을 화분 대여섯개가 놓여 있었다. 흰 장미와 수국, 꽃가루를 헤프게 뱉고 있는 백합들…… '전날 디저트로 먹고 남은 꽃가루가 예쁠 수야 결코 없지.' 하지만 거리로 나서기 전에 그는 방치되어 있는 그 꽃들을 맞바람을 피할 수 있을 자리로 옮겨놓았다.

그는 외박하고 돌아오는 사춘기 소년이 되어 정원으로 들어섰다. 스프링클러 아래에서 피어오르는 독한 부엽토 냄새, 탐스럽고 귀한 꽃들의 자양분인 오물들이 은밀히 발산하는 증기, 미풍에 떠밀려 잎사귀 끝에 와서 매달려 있는 물방울들, 그는 이런 것들을 긴 호흡으로 들이마셨고, 그러면서 동시에 자신이 위로받기를 원하고 있다는 사실을 깨달았다.

"사아! 사아!"

암고양이는 잠시 후에야 나타났다. 그는 이 고양이가 마치 어떤 불길한 생각에 사로잡힌 듯 멍한, 의심 가득한 얼굴을 하고 있다는 것을 곧장 알아차리지 못했다.

"사아, 내 귀염둥이!"

그는 암고양이를 가슴에 끌어안고 여윈 듯이 조금 오목하게 느껴지는 폭신한 옆구리를, 돌보아주지 못한 그 털을 손가락으로 쓰다듬어 거미줄이며 소나무와 느릅나무 잔가지들을 골라냈다. 고양이는 빠르게 정신을 차리고는 늘 짓던 표정을 얼굴에 되살려놓았다. 그 순금의 눈 속에 고양이의 위엄이 되살아났다…… 알랭의 손바닥에 작은 심장의 불규칙하고도 세찬 박동이 전해져왔다. 가르랑거림이 약하게 이제 막 시작되었다는 것도 손가락 마디로 느낄 수 있었다. 그는 암고양이를 철제 탁자에 내려놓고 쓰다듬었다. 그러나 머리를 알랭의 손안으로 허겁지겁, 그러면서 늘 하는 방식으로 익숙하게 들이밀던 암고양이는, 그 순간 그 손의 냄새를 킁킁거리며 맡더니 한걸음 뒤로 물러섰다.

알랭은 흰 비둘기, 장갑 낀 손을 찾아 야트막한 관목의 붉은 꽃송이들 뒤편, 불꽃처럼 타오르는 철쭉 뒤편을 눈으로 훑었다. 어제 치른 '예식'이 이 아름다운 정원을 존중해서 단지 까미유네 집만 유린하고 지나갔다는 것이 그는 기뻤다.

'그 사람들, 이 정원에 들어와 버글거렸다고 생각해봐…… 그러곤 종이장미로 덕지덕지 치장한 그 신부들러리 네명, 그리고 그 여자들이 아마도 땄을 꽃들을 생각해봐, 뚱뚱한 부인네들의 앞가슴 꼬르사주가 되느라 희생되었을 말발도리 송이들은…… 게다가 사아는……'

그는 집 쪽을 향해 소리쳤다.

"사아가 무언가 먹기는 했어요? 평소 같지 않아 보여요…… 나 여기 있어요, 엄마……"

현관 문지방에 둔중한 흰색 윤곽이 나타났다. 그 윤곽이 멀리서 대답했다.

"아니란다, 참 나. 어제 저녁을 먹지 않더니, 오늘 아침에도 따라 준 우유에 입도 대지 않는구나. 이 녀석이 너를 기다리고 있었던 것 같아…… 애야, 너는 잘 잤지?"

그는 현관 계단 아래 어머니 앞에 다소곳이 섰다. 어머니가 평소 와는 달리 자신에게 볼을 내밀지 않고 있다는 걸 알아차렸다. 게다 가 양손을 깍지 끼어 허리띠에 갖다댄 자세였다. 그는 어머니가 평 소의 무람없는 태도를 버리고 이처럼 몸을 사리는 이유를 이해하 고, 거북하면서도 고마운 심정으로 그 자신도 덩달아 조심스러워 졌다. '사아도 내게 뽀뽀해주지 않았어……'

"하기야 사실, 고양이 이 녀석은 네가 집을 비우는 걸 자주 보았 지. 네가 없어도 그러려니 하고 받아들이더라."

'하지만 전에는 이렇게 멀리 가진 않았는데.' 그는 생각했다.

가까이 작은 철제 원탁 위에서 사아가 우유를 허겁지겁 핥아먹 고 있었다. 잠도 못 자고 지치도록 걸어와서 비로소 목을 축이는 짐승 같았다.

"너도 따듯한 우유 한잔 마시지 않겠니, 알랭? 빵 한조각 먹을 래?"

"먹고 왔어요, 엄마…… 우리는 식사를 했어요……"

"제대로 챙겨먹지는 못했을 테지. 그런 마귀간 같은 곳에서는……!"

알랭은 빙그레 웃었다. 어머니가 매번 '마구간' 대신 '마귀간'이라고 하기 때문이었다. 그는 사아의 먹이 접시 옆에 어머니가 나란히 갖다놓은 금박 당초무늬 잔을 응시했다. 자신이 있어야 할 자리에서 밀려난 사람의 눈초리였다. 이어서 눈길을 돌려 어머니의 퉁퉁한 얼굴을 바라보았다. 그 얼굴은 일찌감치 하얗게 센, 굽슬굽슬하고 굵은 머리카락 아래에서 다정한 표정을 짓고 있었다.

"새아기는 만족스러워하는지 네게 물어보지 않았구나……"

이 여인은 혹시 아들의 오해를 살까봐 서둘러 말을 덧붙였다.

"……그러니까, 그 아이가 몸이 축나지나 않았는지 걱정되어서."

"아주 건강해요, 엄마…… 우리는 랑부예 숲으로 가서 식사할 거예요. 자동차로 달려보려고요……"

그는 고쳐서 말했다.

"우린 자동차를 시운전해볼 생각이에요. 아시죠……?"

그들 둘만, 사아와 알랭만 정원에 남겨졌다. 둘 모두 피로감으로, 주위의 정적으로 몽롱해져 있었다. 졸음이 둘에게 손짓을 보냈다.

암고양이가 몸을 모로 누인 채 순식간에 잠에 빠져들었다. 턱이 허공에 쳐들려 콧구멍이 열려 있었다. 한마리 죽은 야수 같았다. 안개나무의 새순, 참으아리 꽃잎들이 암고양이 위로 보슬비처럼 떨어져내렸지만, 고양이는 꿈을 꾸며 오들오들 몸을 떨 필요가 없었다. 그 꿈속에서 분명 마음을 푹 놓고 있을 테니까, 친애하는 사람이 곁을 지켜준다는 든든함을 맛보고 있을 테니까 말이다. 주눅 든 그 모습, 보랏빛을 띤 회색 입술의 양끝이 창백하게 말려올라간 모습만 봐도, 암고양이가 지난밤을 얼마나 힘겹게 보냈는지 알 수 있었다.

덩굴식물이 늘어진 마른 나무줄기 위로 꿀벌들이 만발한 송악꽃을 탐내며 낮게 울리는 떰빠니 소리로 붕붕거리고 있었다. 아주 예전부터 여름이면 들려오는 한결같은 소리였다…… '여기서 자야지. 풀밭 위에서, 노란 장미와 고양이를 양쪽 곁에 두고…… 까미유는 저녁식사를 하러 갈 시간에 맞춰 돌아올 거야. 다행이지…… 그리고 내 고양이, 아, 세상에, 내 고양이……' '공사현장' 쪽에서 대패로 널을 켜는 소리, 쇠망치로 철근을 내리치는 소리가 들려왔다. 그즈음 이미 알랭은 꿈속에서 어떤 시골 마을에 가 있었다. 그마을에는 신비한 대장장이들이 사는데…… 한 고등학교 종탑에서 열한번의 종소리가 떨어져내릴 때 알랭은 몸을 일으켰다. 그는 암고양이의 잠을 깨우지 않도록 조심하며 자리를 떴다.

유월이 왔다. 일년 중 낮이 가장 긴 날들이 이어졌고, 밤하늘은 신비로움을 잃어버렸다. 빠리의 서쪽 하늘에는 어렴풋한 빛이 늦도록 머물렀고, 그러다 곧이어 동쪽 지평선 위로 또다른 빛이 솟아올라 사방의 윤곽이 드러났다. 하지만 유월은 자동차가 없는 사람에게만 가혹한 법이다. 뜨겁게 달구어진 돌벽 사이에 꼭 갇혀 지내야 하는 도시인, 좁은 공간에 치여 누군가와 몸을 맞대야 하는 사람들에게만 말이다. 까르드브리 타워를 에워싼 대기는 쉴 새 없이 요동쳐 노란색 블라인드를 성가시게 흔들고, 삼각형 침실과 아파트 내부를 가로질러다니며 건물 머리에 부딪쳤다가, 테라스 위로 울타리 삼아 궤짝에 심어놓은 나지막한 쥐똥나무들을 바싹 말렸다. 매일 드라이브를 나가는 덕분에 알랭과 까미유는 그럭저럭 기분 좋게 지내고 있었다. 더위와 관능이 진정제와 수면제의 역할을 해주었다.

'어째서 내가 그녀를 길들여지지 않은 아가씨라고 불렀던 걸까?' 알랭은 놀라운 심정으로 자문하곤 했다. 까미유는 자동차를 운전하면서 욕설을 하는 경우가 줄어들었다. 신랄한 말투도 사라졌다. 또한 젊은 집시 여자들이 암말처럼 둥글넓적한 콧구멍을 벌름거리면서 노래를 부르는 '나이트클럽'에 예전보다 덜 들락거리게 되었다.

그녀는 식사를 천천히 하게 되었고 잠을 많이 잤다. 온화해진 눈빛으로 눈을 둥그렇게 뜨곤 했으며, 여름에 해봐야 할 스무가지 일이라는 것에 집착하지 않게 되었고, '공사'에 관심을 쏟으며 매일 뇌이로 가보곤 했다. 그녀가 그 집 정원에서 미적대며 한참 시간을 끄는 경우가 있었다. 그러면 알랭은 쁘띠샹 거리, 햇빛 구경하기 힘든 '앙빠라 부자 상회'에서 퇴근하는 길에 정원에 들러, 한가하게 빈둥거리는, 그날 오후 시간을 좀더 활용할 태세를 갖춘 그녀와 합류했다. 그녀는 달구어진 도로를 달릴 준비가 되어 있었다.

그럴 때 그의 기분은 어두워지곤 했다. 그는 그녀가 노랫가락을 흥얼거리며 작업 중인 페인트공에게, 무심하게 자기 할 일만 하는 전기공에게 뭔가를 요구하는 말을 들었다. 그녀는 예전과 달리 부드러워진 태도를 알랭 앞에서는 버리는 게 의무이기나 한 듯이, 그가 곁에 오기만 하면 곧장 무심한 듯 냉랭한 말투로 물을 때가 있었다.

"상점 일은 잘 돌아가? 지금 회전이 여전히 어려운 거야? 패션계 실력자들에게 물방울무늬 스카프를 돌리는 방법은 어때?"

심지어 그녀는 에밀 영감에게까지 아주 무람없이 굴었다. 이 노인을 얼마나 당황스럽게 했던지, 노인은 신이 내린 사람처럼 혼이 나가서 백치 같은 말들을 흘릴 지경이었다.

"우리가 지금 살고 있는 작은 집을 어떻게 생각해요, 에밀? 그렇게 예쁜 집은 한번도 본 적이 없을걸요?"

나이 든 하인의 입술이 양쪽 뺨의 구레나룻 사이에서 대답을 우물거렸다. 줏대도 요령도 없는 그 자신처럼 내용도 말주변도 없는 대답이었다.

"그게 알 수가 없는 것이…… 예전 같으면 말하기를, 비좁게 여러 칸으로 나뉜 집이라고 했을 텐데…… 다른 점이야 있지요…… 서로 다른 사람의 집에 가서 살아보면 좋을 테니까, 아주 즐거운 일이죠……"

이런 횡설수설이 아니면, 알랭에게 축복의 말을 찔끔찔끔 흘리면서 그녀에 대한 적의를 은근히 내비칠 때도 있었다.

"알랭 도련님의 새아씨는 늘 상냥한 표정이시죠. 또 목소리도 좋으시고요. 말씀을 잘하시니 이웃집에 가 있는데도 말하는 소리가 들리더군요. 겨룰 상대가 없는 목소리라서, 아! 그런데…… 새아씨는 하고 싶은 말은 꼭 하시는 편이에요. 정원사에게 끈끈이대나물과 물망초가 무더기로 피어 있으니까 바보 같다고 우기시더라고요…… 그 말만 생각하면 아직도 웃음이 치밀어서 말이죠."

이렇게 말하고 영감은 자신에게 하나 있는 옅은 색, 바다 굴 같은 회색 눈, 단 한번도 웃어본 적이 없는 그 눈을 들어 맑게 갠 하늘을 쳐다보았다. 알랭 역시 웃지 않았다. 사아가 그에게 근심을 던져주고 있었다. 암고양이는 나날이 여위어갔고, 뭔가 희망을 버린 듯이 보였다. 그렇게 되기 전에는 필경 알랭을 매일, 단둘이서만 만날 수 있을 거라고 기대했었을 것이다. 암고양이는 이제 까미유가 다가와도 달아나지 않았다. 그렇지만 대문간까지 알랭을 따라나서는 적도 없었다. 그가 옆에 와서 앉을 때면 암고양이는 그를 바라보면서 진중하고도 가시가 돋은 온순함을 과시하곤 했다. '새끼고양이일 적 그 창살 우리 안에서 나를 쳐다보던 그 눈이야, 똑같아, 바로 그때의 눈빛이야……' 그는 아주 낮은 목소리로 "사아…… 사아……"라고 이름의 가운뎃소리를 세찬 날숨과 섞으면서 암고양이를 불렀다. 그렇지만 암고양이는 그에게로 뛰어오르지 않았고, 두 귀를 납작 누이지도 않았다. '므랭!'이라고 날카로운 소리를 터뜨리지 않게 된 것도 '무에끄 무에끄 무에끄'라고 목을 추어올리며 나른한 쾌감과 갈망을 표현하지 않게 된 것도 이미 오래전부터였다.

언젠가 그들, 까미유와 그가 뇌이 집의 공사현장으로부터 와달라는 연락을 받고 현장에 간 적이 있었다. 새로 들인 사각 욕조가 두껍고 아주 커서 받침이 무너지지 않고 지탱될지 봐달라는 요청이었다. 그는 아내가 한숨을 내쉬는 소리를 들었다.

"이 공사가 끝나기 전에 내가 먼저 늙어죽을걸!"

"그렇지만," 하고 그가 놀라서 말을 받았다. "내 생각에는 당신이, 그러니까, 까르드브리를 더 좋아하는 것 같은데. 공중에서 가마우지며 바다제비와 함께 지내는 걸 말이야."

"그래…… 그래도 그렇지…… 게다가 이곳은 자기 집이야, 이곳이 자기의 진짜 집이고…… 우리의 집이야……"

그녀가 그의 팔에 나약하게 주저하듯이 기대왔다. 전에 볼 수 없던 태도였다. 흰빛에 가까운, 자신이 입은 여름 원피스의 여하늘색과 거의 비슷한 푸른색인 두 눈이 그의 마음을 흔든 것은 아니었다. 양 볼, 입, 눈꺼풀 위의 과하다 싶지만 나무랄 데 없는 화장도 마찬가지였다.

그렇지만 처음으로 그는 그녀가 자신에게 말없이 의견을 구해온 느낌을 받았다. '이곳에서 까미유가 나와 함께 살게 되는 거야…… 이미 그러고 있잖아! 이 장미 아치 아래 파자마를 입은 까미유가 서 있다면……' 수령이 가장 오래된 장미나무 한그루가 갓 피운 붉은 꽃송이들을 얼굴 높이에 탐스럽게 달고 있었다. 장미꽃의 동양적 향기가 그날 저녁에는 계단 위에까지 퍼져올라왔다. '까미유가 목욕가운을 입은 모습으로 여기 느릅나무 아치 아래 서 있다면……' 모든 것을 고려해볼 때, 아직은 까르드브리의 고층아파트 좁은 발코니에 서 있는 그녀의 모습을 상상하는 편이 더 낫지 않겠는가? '어울리지 않아, 이곳에는 — 아직은 어울리지 않아……'

유월의 저녁은 하루 종일 포식한 햇빛이 목구멍까지 차 있는 탓에 아주 늦게까지도 밤으로 넘어갈 기색이 보이지 않았다. 등나무 원탁에 놓인 빈 유리컵들 안에서 다갈색 왕벌들이 붕붕거리고 있었다. 그러나 나무 아래, 소나무 아래는 제외하고, 그늘이 드리운 곳에는 가벼운 습기가 남아 청량감을 주었다. 남국의 향기를 흩뿌리는 붉은 제라늄도, 불꽃처럼 타오르는 양귀비도 이 초여름의 열기에는 아랑곳없이 싱싱했다. '어울리지 않아, 이곳에는, 어울리지 않아, 이 정원에는……' 하고 알랭은 걷는 리듬에 맞춰 마치 망치질을 하듯이 되뇌었다. 그는 사아를 찾고 있었다. 하지만 고양이를 부르기 위해 목소리를 높이고 싶지는 않았다. 그는 화단을 떠받친 야트막한 담장에서 암고양이를 다시 찾아냈다. 고양이가 누워 있는 작은 담장 위는 만발한 로벨리아로 덮여 온통 푸르른 둔덕이었다. 고양이는 잠이 들었는지 아니면 그래 보이는 것인지는 모르겠지만, 몸을 터번처럼 둥글게 만 모습이었다. '몸을 말고 있네? 이 시각에, 게다가 이런 날씨에? 저건 겨울에나 볼 수 있는 자세인데, 동그랗게 웅크리고 잠이 드는 것 말이야……'

"사아, 내 귀염둥이!"

암고양이는 그가 자신을 감싸안아 허공으로 들어올리는데도 별다른 반응을 보이지 않았다. 고양이가 동굴 같은 눈을 떴다. 몹시 아름다운, 거의 무심한 눈이었다.

"맙소사, 이렇게 가벼울 수가! 아픈 게로구나, 내 작은 살쾡이!"

그는 암고양이를 품에 안고, 달리다시피 빠른 걸음으로 어머니와 까미유가 있는 곳으로 갔다.

"그런데, 엄마, 사아가 아파요! 털도 윤기없이 부스스하고, 몸도 바싹 여위었는데, 그런 사실을 내게 말하지 않다니요!"

"거의 먹지 않으니까." 앙빠라 부인이 말했다. "당최 먹으려 들 지를 않아."

"먹으려 들지 않는다, 그리고 또 뭐가 문제죠?"

그는 암고양이를 가슴에 안고 쓰다듬었다. 사아는 그의 손길에 다소곳이 몸을 내맡겼다. 고양이의 숨은 가빴고 콧구멍은 바싹 말라 있었다. 앙빠라 부인의 두 눈이 굵은 컬이 진 백발 아래서 기민하게 까미유의 안색을 훑었다.

"그것 말고는 없지." 부인이 말했다.

"그 고양이는 자기가 그리운 거야." 까미유가 끼어들었다. "자기 고양이니까, 그렇잖아?"

그는 그녀가 자신을 비웃는다는 생각에 거만하게 고개를 치켜 들었다. 하지만 까미유는 표정 하나 바꾸지 않고 사아를 주의 깊게 살폈다. 고양이는 그녀의 손길이 몸에 닿자 다시 눈을 감았다.

"귀를 만져봐." 알랭이 불쑥 말했다. "열이 펄펄 끓어."

그는 생각에 잠긴 듯했지만 아주 잠시였다.

"좋아. 내가 데려갈 테야. 엄마, 내가 이 아이를 돌볼 수 있도록 필요한 물품을 챙겨주세요, 그게 좋겠죠? 변기에 깔아줄 모래도 한 자루 챙겨주시고요. 나머지는 다 있어요. 아실 거예요, 나는 정말이지 그렇게 되는 건…… 이 고양이는 아마 그런 생각으로……"

그는 하던 말을 끊고, 뒤늦게야 아내 쪽으로 고개를 돌렸다.

"당신이 불편하지 않을까, 까미유? 우리가 이 집에 다시 들어와 살 때까지 사아를 내가 맡는다면 말이야."

"불편할 게 뭐가 있겠어……! 그렇지만 밤에는 그 고양이를 어디에 놓아둘 생각인데?" 그녀는 덧붙여 물었다. 너무나 꾸밈없는 태도여서 알랭은 옆에 있는 모친을 의식하며 얼굴을 붉혔다. 그러면서 쌀쌀한 말투로 대답했다.

"이 아이가 알아서 할 테지."

그들은 작은 이사 행렬을 이루어서 출발했다. 알랭이 여행용 고양이 바구니를 들었다. 사아는 바구니 안에 들어가 웅크린 채 아무 소리도 내지 않고 있었다. 에밀 영감이 팽팽한 모래 자루를 어깨에 구부정하게 짊어졌다. 까미유는 알랭이 까샤사아⁶라고 부르는 까샤 색깔의 올 풀린 낡은 담요를 떠맡아들고 일행의 끝을 따랐다.

---

6 메밀을 가리키는 '까샤'와 '사아'를 합친 단어. 사탕수수로 만든 독한 증류주 이름이기도 하다.

"아니, 나는 고양이라는 짐승이 이렇게 빨리 새 환경에 적응할 거라고는 생각지 않았어."

"다른 고양이는 그냥 고양이일 뿐이지. 하지만 사아는 사아거 든."

알랭은 거만하게 사아를 치켜세웠다. 그 자신 지금까지 이렇게 이 암고양이를 꼭 끌어안고 지낸 적은 없었다. 암고양이는 25제곱 미터 남짓한 이 공간에 갇혀 스물네시간 자신을 노출해야만 했다. 고양이 특유의 명상욕구를, 어두운 곳과 고독에 대한 갈망을 달래 기 위해서는 가닿을 항구 없이 아파트 실내를 떠도는 큰 소파 위를 빌리거나, 현관 앞 한뼘만한 전실 혹은 거울로 가려진 붙박이장으로 파고드는 수밖에 없었다.

　그러나 사아는 모든 함정을 극복하려는 의욕을 보였다. 먹고 자고 깨어나는 그 불규칙한 시간표에 자신을 맞추었고, 밤을 보낼 곳으로는 욕실과 타월 깔린 캣타워를 택했다. 암고양이는 까르드브리 타워를 구석구석 탐험했고, 그러면서 일부러 마음에 들지 않는 척도 하지 않았고, 야성을 꾸며 보이려 하지도 않았다. 고양이는 주방으로 가서 뷔끄 아주머니가 날간을 '냠냠'해보라고 내밀면서 늘어놓는 잡담에 귀 기울여주기도 했다. 알랭과 까미유가 외출하면 암고양이는 현기증이 이는 난간 위에 올라앉아 까마득한 바닥까지의 거리를 재어보기도 하고, 머리 위를 날아가는 제비들과 참새들을 고요한 눈으로 좇기도 했다. 십층 맨 가장자리까지 더이상 내디딜 데 없이 나아가는 고양이의 태연한 모습, 그 난간 위에서 오랫동안 자기 몸을 핥는 습관에 까미유는 대경실색했다.

　"저렇게 하지 못하게 해!" 그녀는 알랭에게 소리치곤 했다. "저러고 있는 고양이를 보면 심장이 벌렁거리고 장딴지에 쥐가 날 지경이야!"

　알랭은 자신감이 내비치는 미소를 지으며 고양이를 감탄하듯 쳐다보았다. 암고양이는 이제 생활하고 식사하는 방식에 새로 적응한 모습이었다.

　윤기 흐르는 외양을 회복했다는 의미도, 아주 명랑해 보였다는 의미도 아니었다. 암고양이는 청회색 비둘기 깃털 같은 무지갯빛 털을 여전히 곤두세우고 있었다. 그러나 좀더 편안히 지내는 듯해 보였고, 알랭을 태우고 올라오는 엘리베이터의 희미한 '뿅' 소리를 기다렸고, 까미유가 들쭉날쭉 챙겨주는 뜬금없는 끼닛거리, 이를테면 새벽 5시에 우유 한종지를 내밀거나, 강아지에게 점프 연습을 시키는 줄 아는지 머리 위로 높직이 닭뼈 하나를 흔들어도 받아들이곤 했다.

"그렇게 하면 안돼……! 그런 방식으로 주면……!" 알랭이 나무랐다.

그러고는 닭뼈를 욕실 매트 위에 올려놓거나 아니면 올이 북슬북슬한 베이지색 카펫 위에 그냥 올려놓았다.

"빠트리끄 오빠의 카펫이 이게 무슨 꼴이람!" 까미유가 비난을 흘렸다.

"고양이는 뼈든 고기든 매끄러운 바닥 위에서는 먹지 않아. 접시에 뼈가 놓여 있으면 물어옮겨서 카펫 위에 올려놓고 먹지. 그래서 카펫을 더럽힌다는 구박을 듣게 되고 말이야. 고양이는 부수거나 찢어먹으려면 먹이를 앞발로 누르고 있어야 해. 맨땅이나 카펫 위에서만 그렇게 할 수 있거든. 하지만 사람들은 그걸 모르고……"

까미유는 깜짝 놀라 그의 말을 잘랐다.

"그럼 자기는 그런 것을 어떻게 알았어?"

그는 자신에게도 그 질문을 던져본 적이 없었던 터라 곤경을 벗어나려고 농담을 했다.

"쉿! 그건 내가 아주 똑똑한 덕분이지…… 이 비밀은 아무한테도 말하지 마! 뵈예 씨는 전혀 모르는 사실이니까."

그는 그녀에게 고양이의 행동방식과 습관을 가르쳐주었다. 마치 관용구가 지나치게 풍부한 외국어를 가르치는 듯한 태도였다. 가르치려는 열의에 취한 그는 그러지 않으려 했음에도 어느새 말투에 힘을 주고 있었다. 까미유는 그를 빤히 바라보고 있다가 이런저런 질문을 던졌다. 그는 깊이 생각해보지도 않고 일일이 대답을 꺼내놓았다.

"저 고양이가 커튼을 여닫는 저 굵은 끈을 무서워한다면서 실몽당이를 갖고 노는 이유는 뭐야?"

"끈은 뱀이거든. 뱀과 같은 종류라는 말이지. 이 아이는 뱀을 무서워해."

"저 고양이가 뱀을 본 적이 있어?"

알랭은 회청색 눈을 들어 자기 아내를 바라보았다. 까미유는 검은 속눈썹에 둘러싸인 그 눈이 아름답다고, '정말 위험한 눈'이라고 생각했다.

"아니…… 본 적이 없다는 건 분명해…… 대체 어디서 뱀을 볼 수 있었겠어?"

"그렇다면 어떻게?"

"그러니 이 아이가 상상해냈겠지. 뱀을 머릿속에서 창조한 거야. 당신도 그렇잖아. 뱀을 한번도 본 적이 없을 텐데 무서워할걸."

"그래, 하지만 나는 뱀에 대한 이야기를 들은 적이 있어. 그림으로도 보았고. 뱀이 존재한다는 사실을 안다는 것이지."

"사아도 알아."

"어떻게?"

그는 그녀를 향해 얼굴 가득 오만한 미소를 지어 보였다.

"어떻게 아느냐고? 태어날 때부터 아는 거야. 뛰어난 사람들이 그러듯이."

"그렇다면 나는 뛰어난 사람이 아니라는 건가?"

그는 태도를 누그러뜨렸지만, 그건 단지 연민 때문이었다.

"저런, 아냐…… 기분 풀어. 나도 뛰어난 사람은 아니야. 내가 하는 말을 곧이곧대로 믿는 건 아니지?"

까미유는 남편 발치에 앉아 눈을 크게 뜨고 그를 올려다보았다. 예전에 안녕이라고 먼저 인사하기를 한사코 거부하던 그 어린 소녀의 눈 그대로였다.

"믿어야만 할 것 같은데." 그녀가 심각한 어조로 대답했다.

그들은 얼마 전부터 거의 매일 저녁 집에 돌아와서 식사를 했다. 이유는 더위 때문이라고 알랭은 말했지만, 까미유는 '또한 사아 때문이기도 하지'라며 은근히 볼멘소리를 했다. 하루는 저녁식사를 마친 후 사아가 알랭의 무릎 위로 올라와 앉았다.

"나는 어디에 앉을까?" 까미유가 말했다.

"무릎은 양쪽에 있어." 알랭이 대꾸했다.

하지만 암고양이는 이 특권을 오래 행사하지 않았다. 알 수 없는 긴장감을 내보이면서, 반들거리는 흑단 탁자로 다시 돌아간 것이다. 고양이는 탁자 표면에 비쳐 어두운 물속에서 솟아오른 것처럼 보이는 자신의 푸르스름한 그림자를 깔고 앉았다. 그런 고양이의 행동은 지극히 자연스러워서, 아무것도 없는 자기 앞의 허공을 뚫어지게 바라보는 것만 빼면 특별히 신경을 곤두세울 이유는 없었다.

"저 고양이는 무엇을 보는 거야?" 까미유가 물었다.

매일 저녁 이 시간, 흰색 파자마를 입은 그녀는 예뻤다. 인공적인 윤기를 반쯤 덜어낸 머리카락이 이마 위에서 찰랑거렸고, 양 볼은 아침부터 하루 종일 분을 덧발라서 아주 짙은 갈색이었다. 이따금 알랭이 조끼가 딸리지 않은 여름용 웃옷을 그대로 걸치고 있을 경우도 있었다. 하지만 까미유는 참을성 없는 손을 그에게로 가져가 웃옷을 벗기고, 넥타이를 풀어내고, 셔츠 깃을 열어젖히고, 소매를 걷어올려 맨살을 드러냈다. 그러고 나서도 계속 그의 맨살갗을 찾아나섰다. 그러면 그는 부끄러움을 모르는 여자라고 타박하면서도 그녀가 하는 대로 내맡겼다. 그녀는 자신의 욕망을 한 박자 늦추었고, 그때마다 어쩐지 고통스럽게 들리는 웃음소리를 냈다. 그러면 어떤 두려움을 숨기기 위해 눈을 내리까는 사람은 그였다. 그 두려움이 전적으로 관능적인 데서 오는 것은 아니었다. '욕망으로 일그러진 이 여자의 얼굴 좀 보라지…… 욕망 때문에 입을 앞으로 죽 잡아빼고 있군. 이렇게 새파랗게 젊은 여자가…… 나를 이런 식으로 리드하는 법을 이 여자에게 가르쳐준 사람이 대체 누구일까?'

이 단칸아파트로 들어서는 초입, 전망이 확 트인 발코니 가까운 위치에 놓인 둥근 식탁이 그들이 모여앉는 자리였다. 식탁 옆에는 고무바퀴 달린 '써빙탁자'가 나란히 딸려 있었다. 수령이 오래된 세 그루 키 큰 포플러 나무, 이제는 사라지고 없는 아름다운 공원의 잔해인 그 나무의 꼭대기가 테라스 높이에서 흔들리고 있었다. 수액이 빠져나가 앙상해진 그 나무들의 머리채 뒤편으로 빠리의 광대한 석양이 연무를 머금어 어두워진 붉은색으로 내리깔렸다.

뷔끄 아주머니가 차려내는 음식은 식사시간을 즐겁게 해주었다. 이 여자는 무슨 음식이든 대충 담아 무뚝뚝하게 내놓기 일쑤였지만, 요리 솜씨는 뛰어났다. 씻고 옷을 갈아입은 알랭은 그날 하루의 일들을 잊었다. 앙빠라 상회와 뵈예 씨의 잔소리도 지워버렸다. 망루에 갇혀 있던 두 포로가 그를 위해 축제를 열곤 했다. "나를 기다렸어?" 하고 그는 사아의 귀에 대고 속삭였다.

"자기가 오는 소리를 들었어!" 까미유가 큰 소리로 말했다. "여기서는 소리가 다 들려!"

"심심했어?" 어느날 저녁 그가 그녀에게 물었다. 그러면서 혹시 그녀가 푸념을 쏟아놓지나 않을까 걱정스러웠다. 하지만 그녀는 검은 머리채를 내저었다.

"전혀! 엄마에게 갔다 왔어. 선물을 주시던걸."

"어떤 선물?"

"어린 하녀야. 저쪽 집으로 들어가면 내 시중을 들어줄 거야. 에밀 영감이 그 계집아이에게 아이를 만들어 안기지 않으면 말이야! 그것참, 재미있는 일이겠다."

그녀는 웃었다. 그러면서 흰색 크레이프 천의 넓은 옷소매를 맨

팔뚝 위로 걷어붙이고, 마침 사아가 주위를 맴돌며 눈독을 들이고 있는 레드멜론을 잘랐다. 알랭은 웃지 않았다. 그는 자신의 집에 일하는 여자가 새로 들어온다는 것에 질겁했다……

"그래? 그건 생각해봐야 할 일인데." 그는 속마음을 털어놓았다. "우리 어머니는 집에서 쓰는 사람들을 한번도 바꾼 적이 없어. 내가 어릴 적부터 죽 그랬어."

"알아." 까미유는 말을 잘랐다…… "박물관에나 가야 할 고집이지!"

그녀는 초승달 모양 멜론 조각을 그대로 입으로 가져가서 베어물었다. 그러고는 고개를 들어 석양빛을 온 얼굴에 받으며 웃었다. 알랭은 까미유의 얼굴에서 생생하게 퍼져나오는 일종의 야만적인 빛줄기, 눈에서, 살짝 벌어진 입에서 번득이는 육식성 광채, 그리고 이딸리아적인, 어쩐지 아슬아슬한 무료함을 놀라워하며, 그러나 공감하지는 못하면서 바라보았다. 그렇지만 이번에도 그는 무관심한 척해 보였다.

"당신은 친구들을 거의 만나지 않는 것 같은데, 그렇지? 친구들과 오가며 지내다보면 아마도……"

"어떤 친구들을 말하는 거야?" 그녀는 맹렬한 기세로 대꾸했다. "지금 그런 말을 하는 이유는 내가 자기를 성가시게 한다는 사실을 알려주기 위해서야? 그러니까 날더러 바깥바람도 쐬고 그러라고? 그런 뜻이야?"

그는 눈썹을 치켜세우고, 혀를 입천장에 부딪쳐 "뜨뜨…… 뜨뜨……" 하는 소리를 냈다. 그러자 그녀는 이 거만한 남자 앞에서 비굴한 조심성을 드러내며 재빨리 몸을 낮췄다.

"맞아, 친구가 없다는 그 말…… 어릴 적에 나는 거의 친구를 사귀지 못했어. 그러다보니, 지금도…… 내 또래 여자와 함께 있으면 어떤지 알아? 내가 그 여자를 어린애 상대하듯이 대해야만 해. 아니면 그 여자가 쏟아내는 갖가지 너저분한 질문에 대답해주든가. '이 문제를 어떡하지, 그가 어떻게 그럴 수 있을까……' 같은 질문들 말이야." 여자애들이란, 하고 말을 풀어나가는 그녀의 태도는 꽤나 신랄했다. "솔직히 이야기해서 여자애들이란, 자기도 알겠지만, 한편이 될 수 없어…… 서로 같은 편이라는 의식이 없다는 말이지. 당신네 남자들과는 달라."

"잠깐만! 나는 '당신네 남자들' 중의 하나가 아닌걸!"

"오! 아니라는 걸 잘 알아." 그녀는 침울하게 대답했다…… "그래서 나는 이따금 나 자신에게 묻곤 해, 만약 내가 더 많이 사랑하는 게 아니라면 어떻게 될까, 하고 말이야……"

그녀가 우울한 기분에 사로잡히는 경우는 드물었다. 그런 경우가 있다 하더라도 그저 뭔가 속으로 망설이고 있을 때라든가 아니면 마음에 품은 의혹을 입 밖으로 표현하지 않고 있을 때가 고작이었다.

"자기도," 하고 그녀가 말을 이었다. "지금 여기 없는 빠트리끄 오빠를 빼면, 친구가 거의 없으면서. 게다가 빠트리끄 오빠에게조차, 자기는 사실 관심이 없잖아……"

그녀는 알랭이 언뜻 내보인 동작 하나에 말을 뚝 끊었다.

"이런 이야기는 하지 말자." 그녀는 영리하게 상황을 살피며 말했다. "이러다가 싸우겠어."

아이들의 긴 고함이 지상으로부터 올라와 허공에서 제비들의 날카로운 지저귐과 뒤섞였다. 밤이 다가옴에 따라 동공이 차츰 커지는 사아의 아름다운 노란 눈이 눈앞의 어떤 움직이는 점들, 눈에 보이지 않지만 허공을 부유하고 있는 것들을 응시하고 있었다.

"무엇을 보고 있는 거야, 저 고양이는, 응? 아무것도 없는데, 저기에는, 그런데도 고양이는 저기를 보고 있네?"

"아무것도 없지, 우리가 보기에는……"

알랭은 암고양이가 예전에 밤마다 가슴 위로 올라와 잠이 들던 때 불러일으키던 그 매혹적인 두려움을 떠올렸다. 그 순간의 가벼운 전율감이 그리웠다.

"당신은 저 고양이가 무서운 적은 없어? 어쨌든 말이야." 그가 선심이라도 베푸는 듯 거만한 표정으로 말했다.

까미유는 마치 이 모욕적인 말이 떨어지기만을 기다렸다는 듯 웃음을 터뜨렸다.

"무서워한다고……? 나는 두려움이 별로 없어, 나는 그래!"

"그건 멍청한 어린 계집아이나 하는 말이지." 알랭이 기분이 상해서 대꾸했다.

"그렇다고 하지 뭐"라고 대답하며 까미유는 어깨를 으쓱했다. "자기가 폭풍전야처럼 잔뜩 찌푸리고 있으니."

그녀는 벽을 가리켰다. 벽은 해가 지면서 몰려온 구름으로 보랏빛을 띠고 있었다.

"게다가 자기는 사아처럼," 하고 그녀가 말을 덧붙였다. "비바람 부는 날씨를 좋아하지 않잖아."

"폭풍우를 좋아하는 사람은 아무도 없어."

"나는 싫어하지 않는데." 까미유가 장난치듯 말했다. "어쨌거나 그런 것은 겁나지 않아."

"세상 모든 사람이 폭풍우 치는 날을 무서워해." 알랭은 적대감이 가득 낀 태도로 말했다.

"좋아, 그렇다면 나는 그 세상 모든 사람 중의 하나가 아니야, 그럼 해결되는 거지."

"세상 모든 여자 중의 하나야, 나에게는." 그는 느닷없이 상냥하게 말했다. 짐짓 꾸며낸 듯 부자연스러운 그 상냥함에 그녀는 속지 않았다.

"오!" 그녀가 화를 냈다. 낮게 가라앉은 목소리였다. "때려줄 테야……"

그가 식탁 건너 그녀 쪽으로 금발머리를 기울이며 이를 드러내 보였다.

"때려봐!"

하지만 그녀는 그 금빛 머리카락을 휘젓는 즐거움, 그 반짝이는 입에 벗은 팔을 물리는 즐거움을 마다했다.

"굽은 말코 같으니." 그녀가 사납게 쏘아붙였다.

"드디어 폭풍이 부는군." 그가 웃으면서 말했다.

이런 농담은 까미유의 기분을 건드렸다. 그러나 그녀는 이제 막 하늘을 낮게 가르기 시작한 낙뢰에 온 관심이 쏠리고 말았다. 그녀는 냅킨을 식탁 위에 던져놓고 테라스로 달려나갔다.

"이리 와봐! 이제 곧 멋진 번개를 보게 될 거야!"

"싫어." 알랭은 자리에서 움직이지 않고 말했다. "자기가 저리로 와."

"어디?"

그는 턱으로 침실을 가리켰다. 까미유가 뾰로통한 표정을 지었다. 얼굴에 희미한 갈망이 어렸다. 알랭이 익숙하게 아는 표정이었다. 그렇지만 그녀는 망설였다.

"먼저 번개를 보고 나서 가면 안돼?"

그가 안된다는 몸짓을 해 보였다.

"왜 안돼? 심술쟁이 같으니."

"왜냐하면, 나는 번개가 무섭거든. 둘 중 하나를 골라. 번개를 택하든, 아니면…… 나를 택하든."

"오! 그야 물론……!"

그녀는 부리나케 침실로 달려들어갔다. 그 열기 띤 움직임이 알랭의 자존심을 충족해주었다. 그러나 그녀를 뒤쫓아 침실로 들어간 그는 그녀가 넓은 침대 옆의 장식등 하나를 일부러 켜놓은 것을 보았다. 그는 일부러 그 등을 껐다.

그들이 열기를 가라앉히는 동안, 발코니 창으로 비가 들이쳤다.

미지근하고 알싸한, 오존 냄새가 나는 비였다. 알랭의 품 안에서 까미유는 그에게 속삭이고 있었다. 비바람이 몰아치는 동안 자신이 바란 것은 그가 자신과 하나가 되어 천둥 번개에 대한 두려움을 다시금 잊어버리는 것이라고. 하지만 그는 신경이 곤두선 채, 하늘 보자기에 펼쳐진 드넓은 섬광, 구름을 배경으로 우뚝 선 큰 번개 줄기의 갯수를 세고 있었다. 그러면서 그는 까미유에게서 몸을 떼어냈다. 그녀는 체념한 듯 순순히 자세를 바꾸어 한쪽 팔꿈치를 괴고 상체를 일으켰다. 그러고는 한 손으로 남편의 헝클어진 머리카락을 빗겨주었다. 번개 섬광이 번질 때마다 푸르스름한 석고 같은 그들 두사람의 얼굴이 밤의 어둠으로부터 솟아올랐다가 다시 어둠속으로 사라지곤 했다.

"기다려보자, 비가 그칠 거야." 그녀가 그의 조바심에 동조했다.

'이런 말이라니.' 그가 속으로 중얼거렸다. '정말이지 멋지게 일을 치른 후에 이 여자가 찾아낸 말이 이것이라니. 입을 다물 수도 있었으련만, 최소한 말이야. 에밀의 말처럼 젊은 부인네들은 자기 생각을 늘어놓는 일에······'

헐떡임처럼 격렬한, 악몽처럼 긴 번개 한줄기가 투명화장대의 두꺼운 판유리에 비쳐 불꽃 형상으로 날름거렸다. 까미유가 벗은 다리를 알랭에게 밀착해왔다.

"나를 안심시키려는 거야? 알아, 당신은 천둥을 무서워하지 않는다는 걸."

그는 평지붕 위로 폭포처럼 쏟아져내리는 빗줄기 소리, 깊은 동굴 속에서 울리는 것 같은 그 굉음을 이겨내려고 목소리를 높였다. 그는 피곤하고 화가 났다. 아무 일에나 시비를 걸고 싶었고, 자신이 이제 결코 혼자 있을 수 없다는 사실을 확인하고는 불안했다. 그의 상상력은 사나운 기세로 예전의 자기 침실로 되돌아갔다. 차분한 꽃무늬 흰 벽지를 바른, 예쁘게 꾸미려 드는 사람도 어지럽히는 사람도 없었던 방이었다. 그의 갈망이 얼마나 절실했는지, 벽지의 단조롭고 또렷한 꽃무늬를 떠올리자 늘 정비 불량이던 낡은 난방기구의 나지막한 소음이 귓가에 맴돌았다. 메마른 동굴, 마룻바닥에 들어박힌 입, 구리 입술을 가진 입에서 새어나오던 그 웅얼거림과 헐떡임 말이다. 그 나지막한 소리가 온 집안의 수군거림, 오래 부려서 반질반질하게 길이 잘 든 늙은 하인들이 정원의 유혹에도 눈길을 주지 않고 지하층 자신들의 공간에 허리께까지 파묻힌 채 흘리던 수군거림과 합해졌다…… '그들은 자기들끼리 있을 때 엄마를 '그네'라고 친밀하게 부르곤 했어. 하지만 나에 대해서는 어느정도 성장한 후부터 '알랭 씨'라고 했지……'

쾌락에 이어 찾아온 짧은 잠 속으로 빠져들던 그는 메마른 천둥소리에 눈을 떴다. 아내는 팔꿈치를 괴고 몸을 숙인 자세 그대로 움직이지 않고 그를 지켜보고 있었다.

"잠이 든 자기 모습을 보고 있는 게 좋아." 그녀가 말했다. "비바람은 그쳤어."

그는 이 말을 일종의 재촉으로 받아들였다. 그가 일어나 앉았다.

"빠트리끄가 하던 방식대로 해봐야겠어. 여기는 너무 축축해!

문간방 벤치에 가서 잘 테야."

두사람이 벤치라고 부르는 것은 이 아파트의 전실 격인 작은 공간에 놓인 긴 의자로, 폭이 좁은 그 긴 의자는 그 공간의 유일한 가구였다. 벽면이 온통 유리창인 그 측면 공간을 빠트리끄는 일광욕을 하는 장소로 이용했다.

"오! 그러지 마, 오! 안돼." 까미유가 말렸다. "여기 그대로 있어……"

하지만 그는 이미 침대 밖으로 몸을 빼내고 있었다. 먹구름들이 빚어내는 거대한 섬광에 모욕당하고 차갑게 굳어버린 까미유의 얼굴이 드러났다.

"흥! 이 꼬마 자식!"

그가 예상하지 못한 이런 야유와 함께 그녀는 그의 코를 잡아당겼다. 그는 이 무례한 손을 팔등으로 쳐냈다. 그 자신도 미처 의도하지 않은 대응방식이었지만 뉘우치는 마음은 들지 않았다. 비바람이 갑작스레 잦아드는 바람에 두사람은 정적 속에 오롯이 남겨졌다. 둘 다 마치 귀머거리가 된 것 같았다. 까미유가 얼얼해진 손을 주물렀다.

"네에……" 마침내 까미유가 입을 열었다. "명심합지요…… 짐승 같으니……"

"틀린 말은 아니야." 알랭이 말했다. "나는 누군가가 내 얼굴을 만지는 게 싫어. 얼굴을 제외한 나머지 몸만 있어도 당신은 충분하잖아? 그러니 내 얼굴은 절대 만지지 마."

"명심하고말고요." 까미유가 느린 말투로 되풀이했다. "짐승 같으니……"

"자꾸 그러지 마. 그것만 빼면 당신한테 불만없어. 그저 조심해 달라는 얘기야."

그는 바지를 벗고 침대 위로 다시 올라왔다.

"카펫 위로 희끄무레한 큰 사각형이 생긴 게 보이지? 동이 트고 있다는 표시야. 우리 잘까, 자고 싶어?"

"응…… 그러고 싶어……" 여전히 뭔가 석연치 않은 목소리가 대답했다……

"그럼, 이리 와!"

그는 그녀가 머리를 받칠 수 있도록 왼팔을 뻗었다. 그녀는 고분고분하게, 조심성 때문에 공손해진 태도로 다가왔다. 자만심이 충족된 알랭은 손님을 환영하듯 친절하게 그녀를 맞아들였다. 그녀의 어깨를 감싸 자기 쪽으로 끌어당겨준 것이다. 하지만 만일의 경우에 대비하여 무릎을 조금 굽혀 그녀 쪽에서는 더이상 거리를 좁혀오지 못하게 했고, 그러고 나서는 곧바로 잠이 들었다. 까미유는 잠을 이루지 못했다. 그녀는 호흡 소리가 높아지지 않도록 숨을 고르면서, 눈길을 돌려 카펫 위로 번져나가는 흰 반점을 바라보았다. 세그루 포플러 나무에 모여 비바람이 물러간 것을 축하하는 참새들의 지저귐에 귀를 기울였다. 포플러 나무는 이제 자기네끼리 소나기 소리를 흉내 내며 몸을 흔들고 있었다. 알랭이 자세를 바꾸면서 그녀의 머리 밑에서 팔을 뺐다. 그의 손이 무의식적으로 그녀를

애무했다. 미끄러지듯 그녀의 머리 위를 세번 쓰다듬는 그 손은 그
녀의 부드러운 검은 머리카락보다 훨씬 더 부드러운 털을 쓰다듬
는 데 익숙한 것 같았다.

그들 사이의 성격 차이가 새로 바뀐 계절처럼 확연하게 자리 잡
은 것은 유월 말 즈음이었다. 알랭은 그것이 놀라우면서도 때때로
재미있게 느껴졌다. 융합하기 어려운 그 성격 차이를 그는 한여름
에 변덕스레 끼어든 쌀쌀한 봄 날씨를 받아들이듯, 그러려니 하고
받아들였다. 자신이 태어나고 자란 집을 떠나오면서, 그 집에 외부
에서 온 젊은 여자의 자리를 마련해주기 싫은 마음도 가슴에 함께
담아온 그는, 그런 속내를 별 어려움 없이 감출 수 있었다. 그러고
는 이따금 혼자 속으로 웅얼거리는 말을 통해, 또한 신혼의 새 아
파트를 의뭉스럽게 한걸음 떨어져 바라보면서, 그런 마음을 은밀
히 발효시키고 또 키워나갔다. 무더위가 한창인 어느 흐린 날, 까미

유는, 바람도 포기한 그들의 타워 그 꼭대기 층에서, 참다못해, 소리를 질렀다.

"아! 전부 버리고 떠나자! 롤러보드를 타고 어딘가로 가서 물에 뛰어들자! 어때, 알랭?"

"나도 그럴 생각이야." 그가 교활하게도 곧바로 말을 받았다. "우리 어디로 떠날까?"

그는 까미유가 강가나 바닷가의 이름, 그리고 호텔 이름을 늘어놓는 틈을 타서 평화를 누렸다. 힘없이 바닥에 납작하게 붙어 있는 사아를 눈으로 더듬으며 그는 여유롭게 생각에 잠겼고, 그러고는 혼잣말로 결론지었다. '나는 저 여자와 함께 여행을 떠날 마음이 없어…… 그럴 엄두가 나지 않아. 우리가 늘 하던 대로 드라이브를 하고 저녁에는 집으로 돌아오면 좋겠어. 밤늦게 돌아와도 좋고. 하지만 그게 전부야. 늦은 시간에 호텔에서 어슬렁거리기는 싫어. 매일 저녁 카지노에 붙어앉아 시간을 보내고, 또 매일 저녁……' 그는 몸을 떨었다. '나는 시간을 벌어야 해. 사실 나는 무엇인가에 적응하려면 시간이 걸리지. 내가 까다로운 성격이라는 것도 알아. 또한…… 하지만 저 여자와 함께 떠나고 싶지는 않아.' 그는 자신이 계속해서 '저 여자'라는 단어를 쓰고 있음을 확인하고 수치심을 느꼈다. 그것은 에밀 영감과 아델이 '부인'이라고 낮은 소리로 발음할 때 느끼는 것과 동일한 심정이었다.

까미유는 도로 지도들을 사들였다. 그들은 윤기 흐르는 흑단 탁자 위에 프랑스를 펼쳐놓고 여행놀이를 시작했다. 그들이 가로지르는 그 프랑스는 사각형 구획들로 분할되어 있었고, 탁자에 비친 두 얼굴은 거꾸로 뒤집힌 채 길쭉이 늘어나 있었다.

그들은 거리를 합산해보고, 자신들의 자동차 성능을 불평하고, 골목 친구 아이들처럼 서로 욕설을 주고받은 다음, 그동안 잊고 있던 일종의 동지의식으로 다시금 힘이 솟는 것을, 거의 회복된 것 같은 기분을 느꼈다. 그렇지만 바람도 없이 쏟아붓는 열대성 폭우가 유월의 마지막 날들과 까르드브리의 테라스들을 삼켰다. 까미유는 닫아놓은 유리창들을 수건으로 문질러 닦았다. 사아는 그 유리창 안쪽에 안전하게 자리 잡고, 빗물이 실개천을 이루며 평평한 보도 위로 흘러가는 것을 바라보곤 했다. 지평선, 도시, 폭우, 이 모든 것이 마르지 않는 물을 가득 채운 구름의 색깔을 띠고 있었다.

"기차를 타고 가는 게 어떨까?" 알랭이 목소리를 달콤하게 바꾸며 제안했다.

그는 까미유가 이런 제안에 질색하며 펄쩍 뛸 거라고 미리 예상하고 있었다. 실제로 그녀는 펄쩍 뛰며, 싫다는 의사를 과격한 말로 쏟아냈다.

그가 한마디 더 건넸다.

"나는 당신이 심심해할까봐 걱정돼. 우리가 계획한 그 여행들……"

"그 모든 휴양 호텔…… 그 모든 유람선 식당…… 그 모든 해수욕장……" 그녀는 아쉬움을 섞어 말을 이어나갔다. "그런데 말이야, 습관적으로 차를 몰고 가지. 우리 둘이 습관적으로 그런다고.

그런데 그 경우에 할 수 있는 것이란, 사실, 장거리 운전이지 여행이 아니거든."

그는 그녀가 조금 애처로워 보여 누이를 안아주듯이 포옹했다. 하지만 그녀는 몸을 돌려 그의 입술을, 귀 아래를 잘근 깨물었다. 그들은 그 놀이를 또 한번 활용했다. 시간이 빨리 흘러가게 하고, 육체가 사랑의 쾌락에 쉽사리 도달하도록 해주는 그 오락거리를. 알랭은 그 놀이로 인해 피로감을 느꼈다. 까미유와 함께 어머니의 집으로 가서 저녁식사를 하면서 그는 터져나오는 하품을 눌러참았다. 앙빠라 부인은 눈을 아래로 내리깔았고, 까미유는 뭔가 의기양양해 보이는 짤막 웃음을 어김없이 터뜨리고야 말았다. 사실 그녀는 오만하게 알랭의 습관을 거론했다. 알랭이 습관적으로 그녀를 이용한다고, 성마르고 날쌘 습관이라고 품평했다. 알랭은 몸을 맞대고 있다가 날쌘 동작으로 그녀의 육체를 자신에게서 떼어버리고, 시트를 벗긴 침대에서 청량한, 체온으로 덥혀지지 않은 귀퉁이를 찾아 허겁지겁 옮겨가곤 했으니까.

그녀는 그의 곁으로 슬그머니 다시 다가갔고, 그러는 그녀를 그는 용서하지 않았지만, 말없이 받아주기는 했다. 이 양보의 댓가로, 그다음에 그는, 두사람 사이의 근본적인 성격 차이라고 스스로 이름 붙인 것이 생성되는 원천들을 평화롭게 찾아다닐 수 있었다. 현명하게도 그는 그 원천들을 빈번하게 드나드는 영토 이외의 지역에 위치시켰다. 맑아진 정신으로, 기운을 소진한 뒤의 나른함의 도움을 얻어, 그는 어떤 은신처로, 남성이 여성에게 지니는 친밀감이 때 묻지 않고 신선하게 보존된, 결코 나이 들지 않는 그 공간으로 거슬러올라간 것이다. 이따금 그녀가 평범한 영토에서, 한낮의 햇살 아래 잠이 든 순진무구한 여자의 모습으로 그의 앞에 나타날 때가 있었다. 그럴 때 예를 들면 그는 까미유의 피부 색깔이 얼마나 짙은 갈색인지 깨닫고는 거의 분노에 가까울 만큼 경악했다. 침대에서 그는 그녀 등 뒤에 누워 그녀의 면도한 목덜미에 성게 가시처럼 돋은 짧은 머리카락을 염탐했다. 피부 위로 등고선을 그리고 있는 그 머리카락들은 눈으로 볼 수 있는 가장 짧은 길이로, 그 각각 거뭇한 모공을 통해 비죽이 고개를 내밀기 전, 얇은 피부 아래로 파르스름하게 내비치고 있었다.

'내가 갈색 피부 가진 여자와 한번이라도 사귄 적이 있었던가?' 그는 놀라워했다. '두세명 가무잡잡한 여자아이들은 있었지만, 피부가 이렇게까지 짙은 갈색이었던 여자는 기억에 없어!' 이런 생각을 하면서 그는 보통 그렇듯 노르스름한 흰색 팔을 밝은 빛 아래로 내밀었다. 청금색 솜털이 반짝이는 금빛 피부, 비취 색깔의 정맥이 내비치는 팔이었다. 그는 자신의 머리카락을 보랏빛 광채를 지닌 적도의 숲에 비유해보았다. 이 보랏빛 광채가 조명 역할을 하는 덕분에, 그의 몸이 까미유의 몸 위에 포개져 있을 때, 유난히 새하얀 그의 피부도 오글오글 주름이 잡힌 해조류와 어느 이국의 만발한 억새풀 사이에서 식별될 수 있다는 생각이 들었다.

세면대 가장자리에 붙어 있는 아주 새까만 머리카락 한올에 그의 속이 메슥거렸다. 이어서 이 가벼운 신경증은 성격을 바꾸어 대상의 색깔은 덮어두고 모양새만 문제 삼았다. 관능의 열기가 가라앉은 뒤, 알랭은 밤의 어둠에 감싸여 명확한 음영을 분간할 수 없는 젊은 육체를 껴안은 채, 예전에 보모였던 영국 여자처럼 엄격한 정신을 지닌——'쌀만 골라 먹어, 말린 자두는 안돼, 우리 꼬맹이, 닭고기만 먹고 쌀은 먹지 마'[7]——어떤 창조자 정령을 원망했다. 까미유를 충분히 잘 만들기는 했지만, 상상력을 자극하거나 자유로운 일탈을 북돋아주는 면은 조금도 신경 쓰지 않았다는 불만 때문이었다. 그는 이런 불만과 아쉬움을 짊어지고 자기 상념의 입구를 찾아갔다. 그 상념의 세계에서 얼마 동안인지 가늠할 수는 없지만 잠시 동안 검은 풍경에 몸을 맡기고 있다가 볼록렌즈 눈, 그리스 코를 가진 물고기, 달과 아래턱으로 활기를 찾았다. 그곳에서 그는 가냘픈 몸매 아래로 방만하게 부푼 현대적인 엉덩이가 까미유의 작고 앙상한 젖가슴을 보상해주기를 바랐다. 어떤 경우는 소신을 굽혀서, 반쯤 잠든 상태로, 완강해서 압박감을 주는 목을 탐닉하느라, 출렁출렁 기괴한 살덩이를 갈망하느라 단단해진 두개의 꼭지를 뒷전으로 밀어내는 적도 있었다…… 이런 갈증은 몸이 갑갑하게 밀착된 자세에서 생겨나지만 몸이 풀려나도 계속 남아 있다가, 아침 햇살이 비치기 이전에, 잠자리에서 아주 몸을 일으키기 이전에 사라져버리곤 했다. 그 갈증은 악몽과 관능적인 꿈 사이, 아주 좁은 골짜기에만 서식하는 것이었다.

[7] 말린 자두와 쌀을 넣은 닭고기 요리를 언급하고 있다.

낯선 여자는 몸에서 뜨거운 열을 냈다. 여자는 불에 그을린 목재, 자작나무, 제비꽃 향기를 풍겼다. 달콤하면서도 불길하고 집요한 향기의 꽃다발이었다. 그 향기는 오랫동안 손바닥에 묻어 지워지지 않았다. 알랭은 의지와는 달리 이 향기에 취했지만, 그런 도취가 언제나 욕망을 낳는 것은 아니었다. 하루는 그가 까미유에게 말했다.

"당신은 장미 향기 같아. 입맛을 잃게 해."

그녀는 이 말을 미처 이해하지 못한 얼굴로 그를 쳐다보다가 기분이 조금 틀어진 듯, 이 모호한 찬사에 대해 생각해보는 시늉을 했다.

"자기는 정말이지 고리타분해." 그녀가 중얼거렸다.

"당신만큼은 아니야." 알랭이 되받아쳤다. "아무렴, 당신보다는 덜하지. 당신이 누구를 닮았는지 나는 알아."

"마리 뒤바⁸를 닮았다던데. 그렇다고 말하던걸."

"틀렸어, 이 아가씨야! 당신은, 앞가르마를 탄 머리 모양만 놓고 봐도, 루아자 쀠제⁹가 이끄는 대로 탑 꼭대기에서 울던 그 여자들을 닮았어. 그 여자들은 로망스를 부르기 시작하자마자 하나같이 울고 있었지. 당신처럼 그리스식 큰 눈, 불룩 튀어나온 눈으로 말이야. 게다가 그 눈은 눈꺼풀의 가장자리가 두툼해서 눈물방울을 뺨

---

8 마리 뒤바(Marie Dubas, 1894~1972). 2차 세계대전 이전에 활동한 가수이자 배우.
9 루아자 쀠제(Loisa Puget, 1810~89). 작곡가. 주 활동기인 1930~45년 사이에 오페라를 비롯, 대중적인 곡들을 썼다.

위로 툭툭 떨어뜨리기가 쉬워."

알랭의 말은 한마디 한마디 입에서 나올 때마다 그로 하여금 자신의 말이 진실이라는 착각에 빠지게 했고, 그러면서 까미유를 구제 불가능한 추녀로 만들었다. 그 말들은 그가 등을 깔고 누운 자세로 눈을 게슴츠레하게 뜨고, 이처럼 어린 신부의 새로운 장점들, 열정으로 몸이 달아올랐을 때 조금 단조롭지만 이미 요령껏 자기 욕심을 채우는 방식, 그리고 그녀의 특별한 재능들을 이리저리 재며 평가하는 순간에 짤막하게 흘린 것이었다. 그는 상대의 기분을 헤아리지도 않았고 말을 가려하지도 않았다. 그것은 상대를 칭찬하기보다는 도발하는 말들이었다. 적어도 그는 다음과 같은 사실만이라도 인정해야 했다. 자신이 내뱉는 그 몇 마디 말들을 바로 코앞에서 들으면서도 그녀가 훌륭한 태도를 취했다는 사실 말이다. 그 순간은, 그녀로서는 어떤 사실을 명백하게 알게 된, 확신하게 된 순간이기도 했다. 한쪽은 침묵하는 난투였다. 그 난투에서 까미유는 애써 침묵을 이어나갔다. 그러면서 팽팽히 당겨진 줄이 주는 고통, 그 위에서 위태롭게 균형을 잡아야 하는 고통을 견뎌냈다.

본래 악의는 없는 터라 그녀는 알랭이 매번 마지못해 아내의 육체를 품는다는 사실은 짐작하지 못했다. 그녀의 계산된 도발, 애절한 호소에, 심지어 폴리네시아 원주민 여자처럼 육체를 현시하는 신선한 뻔뻔함에 반쯤 속아준다는 식이었다. 그는 그녀가 소리를 지르지 못하도록 손으로 입을 막으면서, 혹은 기운을 소진한 채 맥

놓고 있는 그녀를 내려다보면서 스스로 그녀의 주인이 되곤 했다.

그녀가 다시 옷을 챙겨입고 로드스터에 올라 옆자리에 허리를 곧추 펴고 앉으면, 그는 그녀를 유심히 살펴보면서도, 그녀가 어째서 최악의 적으로 보였는지, 앞서 생각했던 그 이유들을 더이상 찾아내지 못했다. 사실 그것은 그 자신이, 숨을 고르다보면, 심장박동이 서서히 가라앉는 소리를 듣다보면, 멋진 젊은 남자, 자기 파트너의 진을 홀딱 빼놓기에 앞서 옷을 하나하나 벗어젖히는 젊은 남자 역할에서 벗어나기 때문이었다. 그럴 때면 관능에 수반되는 간략한 의례, 육체의 역량에 대한 관심, 시늉뿐이든 실제로든 상대에게 내보이는 감사, 이런 것들도 이미 끝난 것, 결코 다시는 오지 않을 것과 마찬가지로 의미를 잃곤 했다. 그러면서 가장 큰 걱정거리가 다시 고개를 들었다. 그는 그것을 당연히 해야 할 걱정이라고, 그런 걱정을 하지 않는 태도가 무책임하다고 여겼다. 오랫동안 생각해왔다는 이유로 다시금 중요해진, 가장 중요해진 질문, 바로 '어떻게 해야 까미유가 '나의' 집에 들어와 사는 일을 막을 수 있을까?'라는 질문 말이다.

'공사'에 품었던 적대감이 어느정도 가시자 자신이 태어난 집으로 돌아가는 것이 그의 간절한 희망이 되었다. 그는 지면과 맞닿은 삶, 말하자면 매 순간 땅이 존재를 든든히 받쳐주는, 흙에서 태어나는 모든 것에 기대어 살아가는 삶을 조용히 준비해나갔다. '이곳은 숨 쉴 공기가 부족해. 아!' 그는 한숨을 내쉬곤 했다. '우거진 나무 아래였으면…… 올려다보면 나뭇가지에 앉은 새들의 배가 보이고……' 그러다가는 마치 스스로를 다그치듯 다음과 같이 중얼거리곤 했다. '목가를 읊고 있어봤자 아무것도 해결되지 않아.' 그래서 그는 없어서는 안될 동맹자인 거짓말에 도움을 요청했다.

땡볕이 아스팔트를 녹이는 어느날 오후에 그는 뇌이의 자기 영지로 갔다. 뇌이에서도 그 영지 주위는 인적 드문 도로들, 칠월의 텅 빈 시가전차, 개들이 짖어대는 이웃 정원들뿐이었다. 집에 있겠다는 까미유를 놓아두고, 문을 나서기 전, 그는 까르드브리에서 가장 바람이 잘 통하는 테라스에 사아를 데려다놓았다. 그는 이 두 여성적 존재를 그들끼리만 있게 놓아둘 때면 매번 희미한 불안감을 느꼈다.

정원과 저택은 잠들어 있었다. 작은 철문도 삐걱거리지 않고 스르르 열렸다. 위태로워 보일 만큼 활짝 핀 장미 꽃송이, 붉은 양귀비, 붉은 목구멍을 슬쩍 내보이며 갓 벌어지기 시작한 칸나, 자주색 금어초들이 한무더기씩 풀밭 위에 흩어져 불타오르고 있었다. 저택 측면에 일층짜리 갓 완공된, 아주 새것인 작은 건물에 문 하나와 창문 두개가 새로 나 있었다. '다 끝났군.' 알랭은 속으로 중얼거렸다. 그는 조심스레 발걸음을 옮겼다. 꿈속을 걷듯이 걸었다. 그의 발은 잔디 위만 디뎠다.

지하층에서 웅얼거리는 말소리가 올라오고 있었다. 그는 발을 멈추고 무심코 귀를 기울였다. 그가 익숙하게 아는——고분고분 상대를 떠받들고, 조심스럽게 불평을 늘어놓던——나이 든 목소리들이었다. 예전에 '그네'와 '알랭 씨'를 발음하던 목소리들, 금발 사내아이의 비위를 맞추던, 아직은 가느다란 남자의 형태, 아이의 작은 고추에 아부하던 목소리들…… '나는 왕이었는데'라고 속으로 중얼거리며 알랭은 서글프게 웃었다……

"그러면 이제 곧 그 여자도 이리로 와서 자는 건가?" 나이 든 목소리들 가운데 하나가 또렷하게 물었다.

'아델이구나.' 알랭은 생각했다. 그는 벽에 기대서서 목소리가 하는 말을 들었다. 엿듣는 데 대한 거리낌은 없었다.

"그야 물론이지," 에밀이 떨리는 목소리로 말했다. "그 아파트는 구조가 영 엉성하거든."

가정부가 끼어들었다. 머리가 희끗희끗하고 수염이 난 바스끄 여자였다.

"그렇고말고요. 그 집은 화장실에서 물 내리는 소리가 다 들려요. 알랭 씨는 그런 걸 참지 못할걸요."

"그 여자가 말하기를, 지난번에 그 여자가 왔을 때 한 말인데, 그 여자는 거실에 커튼을 달 필요가 없다던걸. 정원 너머로 이웃이 들여다볼 염려는 없다는 거야."

"이웃은 문제가 없다고요? 그러면, 우리는, 우리가 세탁장으로 가야 할 때는 어쩌고요? 그 여자가 알랭 씨와 같이 있을 경우에 우리한테 무엇을 보여주려고?"

알랭은 그들이 소리를 낮춰 키들거리고 있다는 것을 알아차렸다. 고리타분한 에밀이 한마디 더 보탰다.

"오! 그런 일이 있더라도 아마 걱정하는 만큼은 아닐 거야……

그 여자는 틈만 나면 그러려고 할 테지만, 필요 이상으로 말이지…… 알랭 씨가 밤이고 낮이고 시도 때도 없이 그런 식으로 긴 소파에 끌려갈 사람은 아니지……"

말소리가 잠시 끊겼다. 알랭의 귀에는 숫돌에 칼 가는 소리만 들려왔다. 그렇지만 그는 뜨겁게 달아오른 벽에 등을 기댄 채 여전히 귀를 세우고 있었다. 그러면서 그의 눈은 불타는 듯한 제라늄과 눈을 찌르는 초록색 풀밭 사이를 어렴풋이 더듬고 있었다. 사아의 월장석 빛깔 털을 찾아서……

"나는 말이오." 아델이 말했다. "머리가 지끈거린다오, 그 여자가 뿌리는 향수 냄새만 맡으면 말이지."

"게다가 그 옷들을 보라죠." 바스끄 여자 쥘리에뜨가 말을 보탰다. "그런 방식으로 옷을 입다니, 그건 고급스럽지 못해요. 예술가들이 그렇게 입는다면 모를까, 그런 대담한 차림새는 말이에요. 그것만이면 좋게요. 그 여자가 우리는 놓아두고 자기 시중을 들 아이 한 명을 데려온다잖아요. 그럴 것 같더라고요. 아마도 고아 계집애일 테죠, 아니면 바탕도 없는 뜨내기일 수 있고……"

여닫이창이 흔들리자 목소리들이 뚝 끊겼다. 알랭은 자신이 비겁하다는 생각이 들었다. 몸이 조금 떨리는 느낌이었다. 그는 살인청부업자들이 목숨을 눈감아준 남자처럼 숨을 잔뜩 죽이고 있었다. 놀라지도, 화가 나지도 않았다. 그 자신이 까미유에 대해 내린 평가와 지하층 심판관들의 준엄한 판정 사이에는 그리 큰 차이는 없었다. 그러나 그의 심장은 비겁하게 엿들었다는 사실로 인해,

그럼에도 전혀 처벌받지 않았다는 사실로 인해, 게다가 저항 동지들, 암묵적 공범들의 증언을 수집했다는 것으로 인해 요동치고 있었다. 그는 얼굴의 땀을 닦고, 공기를 깊이 들이마셨다. 만장일치로 쏟아내는 이 여성혐오증, 남자라는 유일한 제단 앞에 피운 이 이교의 향에 취해 머리가 멍해졌다. 어머니가 낮잠에서 깨어나 침실 덧창을 열다가 그가 벽에 귀를 대고 서 있는 것을 보았다. 그녀는 신중한 어머니답게 조용히 소리 내어 불렀다.

"아! 얘야…… 어디 아픈 건 아니지?"

그는, 연인처럼, 창틀에 몸을 걸치고 손을 내밀어 어머니의 손을 잡았다.

"아픈 데는 없어요, 엄마…… 산보 삼아 온 거예요."

"그래, 잘했다."

어머니는 아들의 말을 조금도 믿지 않았다. 하지만 그들은 각자 거짓말을 하며 서로를 향해 미소 지었다.

"작은 부탁 하나 해도 돼요, 엄마?"

"돈이 얼마간 필요하구나, 그렇지? 올해는 쪼들릴 수밖에, 가엾은 것들, 사실……"

"아니에요, 엄마…… 오늘 여기 왔다는 걸 까미유에게 이야기하지 말아달라는 거예요. 별다른 이유 없이, 그러니까 그저 엄마 얼굴을 보고 싶어서 온 거라서, 차라리…… 그게 전부는 아니고요. 엄마한테 의논을 드릴 일이 있어요. 엄마하고 나하고만 아는 일로 하고요, 네?"

앙빠라 부인은 눈을 내리깔고 곱슬곱슬한 흰 머리카락을 휘저으며, 두사람만 알고 있자는 그 의논이라는 것을 피해보려 했다.

"나는 말이 많은 사람이 아니야, 알잖니…… 머리를 이렇게 산발하고 있는데 들이닥치다니, 지금 내 꼴이 좀도둑 할망구 같겠구나…… 집 안은 시원한데 들어오지 않을래?"

"아뇨, 엄마…… 뭔가 방법이 있을까요?―머릿속에서 생각이 떠나지 않아서요―물론 누굴 해코지해서는 안되고―모두에게 좋은 방법이어야 해요―까미유가 이 집에 들어와서 사는 것을 막을 방법 말이에요."

그는 어머니의 두 손을 꼭 움켜쥐고 그 손이 부르르 떨며 응답하거나 아니면 움찔거리며 자신의 손아귀에서 빠져나가기를 기다렸다. 그러나 그 손은 냉랭했고, 그런 상태로 그의 손아귀 안에 순순히 갇혀 있었다.

"새신랑들은 대개 그런 생각을 하지." 부인은 거북하다는 듯이 말했다.

"무슨 말이에요?"

"그렇다니까. 새신랑들은 만사 너무 좋게만 생각하거나 아니면 만사에 너무 까탈을 부려. 어느 편이 더 나은지는 모르겠다. 그렇지만 그게 이유 없이 그렇게 되는 것은 아니지."

"하지만, 엄마, 내가 묻는 건 그게 아니에요. 뭔가 방법이 없겠냐는 거예요……"

처음으로 그는 어머니 앞에서 안절부절못하는 모습을 보이고 있었다. 어머니가 자신을 도와서 맞장구쳐주지 않자, 그는 신경질적으로 고개를 돌렸다.

"어린애 같은 말을 하고 있구나. 이 더위에 거리를 돌아다니고, 투덕대며 싸우고 나서 이리로 달려와서 묻는다는 말이…… 모르겠다, 나도…… 네가 묻는 것이 둘이 갈라설 경우여야 답이 나오는 것들이라…… 아니면 이사를 하든가, 아니면 무슨 수로……"

그녀는 말을 시작하면서부터 숨을 헐떡거렸다. 그래서 알랭은 자신을 돌아볼 필요 없이 그저 어머니의 얼굴을 붉어지게 했다는 데 대해서만, 고작 몇 마디 말에 숨을 헐떡이게 만든 것에 대해서만 자책하면 됐다. '오늘 답을 얻기는 무리야.' 그는 신중하게 판단을 내렸다.

"우리가 싸워서 이러는 게 아니에요, 엄마. 단지 내가 그 생각만 하면 거북해서 그래요…… 이 집에 있는 걸 보고 싶지 않다고요……"

그는 당황스러움이 배어나오는 큰 동작으로 자신들을 둘러싼 정원을 가리켰다. 그들 주위로 펼쳐진 초록 연못, 아치를 이룬 장미나무 아래 이불처럼 깔린 꽃잎들, 꽃이 만개한 송악 위로 붕붕거리는 꿀벌들, 낡아서 추해지고 그래서 공경받는 저택을……

그의 손아귀에 잡혀 있던 손에 뻣뻣이 힘이 들어가더니 단단한 작은 주먹으로 뭉쳐졌다. 그 예민한 손에 그는 느닷없이 입을 맞췄다. '됐어, 됐어, 오늘은 그만하자……'라고 속으로 중얼거리면서.

"그만 가볼게요, 엄마. 내일 8시에 뵈예 씨한테서 전화가 올 거예요. 주가 하락 건에 대해 이야기하려는 거죠…… 지금은 얼굴이 더 나아졌죠, 엄마?"

그는 백합나무 그늘에 젖어 초록으로 보이는 눈을 들고 얼굴에 억지로 예전의 어린아이 표정을 지어 위로 젖혀 보였다. 습관적으로, 다정한 응석이자 바라는 것을 얻어내기 위한 투자 삼아 그랬다. 눈꺼풀을 한번 깜박여 예쁜 눈을 돋보이게 하고, 유혹하는 미소 한 점을 덧붙여 입술을 뾰족 내밀었다…… 주먹 쥔 어머니의 손이 다시 풀려 창틀 위로 건너와 알랭에게 닿았다. 그러고는 그 손이 알고 있는 알랭의 민감한 지점들──팔이 시작되는 어깨의 도드라진 뼈, 목을 타고 섬세하게 오르내리는 울대, 그리고 팔꿈치 위로 겨드랑이까지 그 중간 어름──을 어루만졌다. 이렇게 더듬고 나서야 어머니는 대답했다.

"조금 나아졌구나…… 그래, 안색이 조금 더 밝아졌어……"

'내가 엄마를 기쁘게 해주었지, 무언가를 까미유에게 비밀로 해달라고 말해서 말이야……' 조금 전 어머니의 포옹을 상기하면서 그는 웃옷 아래로 허리띠를 조여맸다. '허리 치수가 줄었어. 줄어들고 있다고. 운동을 하는 것도 아닌데──운동이라고는 그 짓을 하는 거밖에는 없는데……'

그는 계절에 맞는 가벼운 옷차림으로 가고 있었다. 청량한 산들바람이 땀을 말려주었다. 황금색 땀방울의 아릿한 냄새, 검은 싸이프러스 나무의 향내와 비슷한 냄새가 산들바람에 밀려 코앞을 맴

돌았다. 그는 자신의 보루이자 요람이 침범당하지 않았음을, 자신의 비밀동맹군이 피해를 입지 않았음을 확인하고 돌아가는 길이었다. 그러므로 남은 하루는 쉽게 흘러갈 터였다. 물론 자정까지는 자동차에 앉아서, 침대 위가 아니라면 그리 해를 끼치지 않는 까미유 옆에 앉아서, 저녁 공기를 들이마실 것이다. 진흙 도랑 가장자리를 따라 심은 떡갈나무들 사이를 지날 때면 숲의 냄새를 풍기고, 또 때로는 밀 탈곡장 냄새 같은 매캐한 향을 실어오기도 할 그 저녁 공기를…… '사아에게는 개밀을 가져다주어야겠다!'

그는 자기 고양이가 겪는 일을 생각하며 심한 자책감을 느꼈다. 고양이는 망루, 그 높은 아파트 꼭대기에서 조용히, 숨죽이며 지내고 있었다. '그 아이는 자기 몸에서 만들어낸 누에고치처럼 보여. 내 잘못으로 그렇게 된 거야……' 부부놀이 시간이면 고양이는 어김없이 모습을 감추곤 했으므로 알랭이 삼각형 방에서 고양이의 모습을 보게 되는 적은 결코 없었다. 고양이는 간신히 먹었고, 자신의 갖가지 언어, 이런저런 요구를 잃었다. 그 어느 것에도 흥미를 보이지 않고 그저 오래오래 기다리기만 했다. '또다시 그 아이가 우리 창살 뒤에서 기다리고 있어…… 나를 기다리고 있는 거지.'

그가 현관까지 왔을 때 귀청을 찢는 까미유의 고함 소리가 닫힌 문 너머로부터 들려왔다.

"망할 짐승 같으니! 대체 뭘 깨뜨린 거야, 맙소사! 뭐라고요……? 아뇨, 뷔끄 아주머니, 그런 말씀은…… 됐어요! 그만 됐다고요!"

그는 몇 마디 욕설을 더 알아들을 수 있었다. 그는 아주 조용히 자물쇠 구멍에 열쇠를 꽂아넣고 돌렸다. 그렇지만 문을 열고 들어선 이상, 숨어서 듣고만 있을 수는 없었다. '망할 짐승이라고 한 거야? 어떤 짐승을 말하는 거지? 이 집에서 짐승이라니?'

이 단칸아파트 안, 까미유가 눈에 들어왔다. 몸에 꼭 끼는 민소매 스웨터 차림이었다. 편물 베레모가 머리 뒤편에 기적처럼 걸려 있었다. 그녀는 화난 몸짓으로 목 긴 장갑에 손을 밀어넣다가 남편을 보자 몹시 놀란 듯했다.

"어머, 자기……! 어디에서 나온 거야?"

"나온 게 아니고 들어온 거야. 당신, 누구한테 그런 욕을 하는 거지?"

그녀는 그가 던져온 이 장애물을 슬쩍 피하더니, 민첩하게 몸을 돌려 알랭에게 돌진했다.

"자기 좀 봐, 정말 정각에 왔네. 이렇게 시간을 딱 맞추다니. 나도 준비되었어. 자기를 기다리던 참이야!"

"당신은 나를 기다린 적 없어. 난 시간 맞춰 왔으니까. 누구한테 욕을 했느냐니까? 망할 짐승 같으니라고 하던데…… 어느 짐승을 말하는 거지?"

그녀의 눈이 움찔하듯 알랭을 힐끔거렸지만 눈길을 피하지는 않았다.

"개한테 그런 거야." 그녀는 소리쳤다. "아래층의 빌어먹을 개, 밤낮으로 짖어대는 그 개 말이야! 또 저러고 있잖아! 개 짖는 소리

106

가 들리지 않아? 들어봐!"

집게손가락을 추켜올리며 그녀는 귀 기울여보라는 시늉을 했다. 한순간 알랭은 장갑 낀 그 손가락이 바르르 떨리는 것을 알아차렸다. 그는 믿고 싶은 것을 믿으려는 순진한 욕구에 무릎을 꿇었다.

"당신은 사아 이야기를 하고 있었던 것 같은데, 가령 말이지······"

"내가," 하고 까미유가 목소리를 높였다. "사아한테 그렇게 소리를 질렀다고? 그런 위험한 짓을 할 리가 없지. 그러다가 무슨 봉변을 당하려고! 그만 가자, 됐어, 어서 가자니까?"

"차를 꺼내와, 아래에서 기다릴게. 손수건을 챙겨가야겠어. 또 스웨터도······"

그는 우선 암고양이를 데려다놓은 곳으로 갔다. 가장 시원한 테라스에서 그의 눈에 들어온 것은 까미유가 가끔 낮잠을 청하는 캔버스 천 접의자 옆에 흩어진 유리잔 파편들뿐이었다. 그는 영문을 몰라 휑한 눈으로 파편을 훑었다.

"고양이는 여기 나한테 있어요, 므시외." 뷔끄 아주머니의 높고 가는 목소리가 들려왔다. "녀석은 내 밀짚의자가 마음에 드나봐요. 의자에 온통 발톱 자국을 내놨구먼요."

'부엌에 있다니!' 이런 생각에 알랭은 가슴이 아팠다. '내 작은 살쾡이, 정원의 고양이, 라일락과 풍뎅이의 내 고양이가 부엌에 들어가다니······! 아! 이대로는 안돼!'

그는 암고양이의 이마에 입을 맞추었다. 아주 낮게 노랫가락을 흥얼거려 고양이를 어르며 개밀과 달콤한 아카시아꽃을 가져다주겠다고 약속했다. 하지만 그는 암고양이와 뷔끄 아주머니가 어쩐지 거북해하는 기미를 알아차렸다. 무엇보다 뷔끄 아주머니가 어색하게 머뭇거리고 있었다.

"우리 저녁은 집에 와서 먹을 거예요. 아니면 밖에서 먹고 올 수도 있고요, 뷔끄 아주머니. 우리 고양이에게 필요한 것들은 제대로 챙기고 있나요?"

"그럼요, 므시외[10], 그럼요, 그럼요, 므시외." 뷔끄 아주머니는 황급히 대답했다. "내가 할 수 있는 건 다 하고 있다우, 내게 맡겨요, 므시외."

이 뚱뚱한 여자는 얼굴이 발개지더니 거의 눈물을 떨굴 것처럼 보였다. 그녀는 손을 내밀어 다정하게, 서툴게, 고양이의 등을 쓰다듬었다. 사아가 등을 둥글게 말아올리며 짤막하게 '므앵' 하고 소리를 냈다. 처량하고 주눅 든 고양이 말이었다. 암고양이의 그 말에 알랭은 슬픔으로 심장이 터질 듯했다.

그가 지레 생각했던 것과는 달리 기분 좋은 드라이브였다. 까미유는 운전석에 앉아 눈을 민첩하게 굴리며, 손발을 유기적으로 움직였다. 까미유가 그를 몽포르라모리 언덕까지 데려갔다.

"저녁식사는 외식할까, 알랭……? 어때, 자기?"

그녀는 옆으로 얼굴을 돌린 그대로 그에게 미소를 던졌다. 석양

---

10 Monsieur. 남성에 대한 존칭.

에 비친 그녀의 옆얼굴은 언제나 그렇듯 아름다웠다. 갈색 화장분 아래로 뺨의 맨살갗이 비쳐 보였고, 눈의 흰자위와 치아는 하얗게 반짝거렸다. 랑부예 숲에서 그녀는 로드스터의 앞유리창을 내렸다. 바람이 알랭의 귀를 나뭇잎 소리와 물 흐르는 소리로 가득 채웠다.

"작은 토끼가 있네……!" 까미유가 소리쳤다. "꿩이다!"

"토끼가 또 있어! 조금 더 큰……"

"자기가 운이 좋은 줄도 모를 거야, 저 녀석은 말이야!"

"지금 당신 볼에 패는 볼우물이 어릴 적 사진에 있는 모습하고 똑같아." 알랭이 말했다. 그는 쾌활해져 있었다.

"말도 안돼. 나는 이제 어른이라고!" 그녀는 어깨로 도리질을 치며 대답했다.

그는 이어지는 그녀의 웃음과 볼우물을 살폈다. 그러다가 그의 주의 깊은 시선이 강건한 목까지 내려갔다. 베누스의 목걸이[11]는 찾아볼 수 없는, 가무잡잡한 피부를 가진 백인 미녀의 완강하고 둥근 목이었다. '그래, 맞아, 이 여자는 살이 붙었어. 게다가 제일 매력적인 방식으로 살이 붙었어. 사실, 저 젖가슴, 저것 역시도 비대해졌으니까……' 그는 자신의 몸을 돌아보고, 남성의 케케묵은 피해의식과 맞닥뜨렸고, 그러고는 우울해졌다. '이 여자는 그 짓을 하면서 토실토실해지고 있어, 이 여자는 말이지…… 내 정기를 빨아들

---

11 목둘레에 있는 세개의 얇은 근육으로 미녀에게서 볼 수 있다는 의미로 붙여진 명칭.

여서 그렇지.' 그는 질투심에 사로잡힌 손을 웃옷 속으로 밀어넣어 드러난 갈비뼈를 더듬었다. 그녀의 어린아이 같은 볼우물과 뺨이 이제 밉살스러워 보였다.

그렇지만 잠시 후 어느 이름난 식당 식탁에 앉으면서 그는 까미유 덕분에 우쭐하니 거만한 몸짓을 했다. 옆 식탁 손님들이 떠들고 먹던 동작을 멈추고 까미유를 쳐다볼 때였다. 그는 아내와 미소를, 턱짓을, '멋진 한쌍'에 어울리는 교태를 교환했다.

게다가 까미유는 오직 그만을 위해서 목소리를 낮추었고, 또한 약간의 나른함과 결코 과시용은 아닌 세심한 배려를 보여주었다. 반면 알랭은 그녀의 손에서 생토마토 접시와 딸기 바구니를 빼앗고, 크림치킨을 먹으라고 부추겼다. 그러고는 그녀의 잔에 적포도주를 계속 따라놓았다. 그녀는 포도주를 그리 좋아하지 않았지만 금방 잔을 비우곤 했다.

"내가 포도주를 좋아하지 않는다는 걸 자기는 잘 알면서." 그녀는 매번 이렇게 말하며 잔을 들어 빠르게 마셨다.

해가 기울었지만 거의 흰색에 가까운 하늘에는 여전히 빛이 남아 있었다. 석양이 비추어 어두운 장밋빛으로 물든 구름 조각들이 그 하늘에 양떼처럼 가지런히 늘어섰다. 하지만 식당 식탁 뒤편에 버티고 선 울창한 숲에서는 밤이 오고 있었다. 밤과 함께 청량함도 따라왔다. 까미유는 알랭의 손등 위로 손을 포갰다.

"뭐야? 응? 무슨 일이야?" 그가 손을 움츠리며 물었다.

그녀는 깜짝 놀라며 손을 도로 뗐다. 그녀가 마신 얼마간의 포도주가 그녀의 눈 속에서 촉촉이 젖어 웃고 있었다. 퍼걸러에 매달아 놓은 장밋빛 풍선들의 아주 작은 영상들이 그 눈 속에서 흔들리며 반짝였다.

"아무 일도 아니야, 아이 참! 털을 바짝 세운 고양이같이…… 내가 자기 손을 잡으면 안되는 거야?"

"그게 아니고," 하고 그는 비겁하게 나왔다. "그게 아니고 당신이 뭔가 내게 하고 싶은 말이 있는가보다 했어…… 뭔가 심각한 이야기인 줄 알았지…… 나는," 하고 그는 숨도 쉬지 않고 덧붙였다. "당신이 아이를 가졌다는 이야기를 하려는가보다 했어……"

까미유의 날카롭고 짤막한 웃음소리에 주위 식탁의 사람들 시선이 그녀에게 모였다.

"그래서 자기가 그렇게 당황했던 거야……? 기뻐서 아니면…… 귀찮은 게 싫어서?"

"어느 쪽인지 정확히는 모르겠어…… 당신은, 만약 그렇다면 당신은 어떤 기분이 될 거 같아? 좋을 것 같아, 싫을 것 같아? 우리는 이 문제를 별로 생각해본 적이 없어…… 하여간 나는 그래…… 왜 웃는 거지?"

"자기 표정이 우스워서…… 별안간 죽을상이 되어서…… 너무 우스워. 붙인 속눈썹이 자기 때문에 떨어질 지경이야……"

그녀는 양손의 검지로 눈꺼풀의 속눈썹을 들어올렸다.

"우스운 일이 아니야, 심각해." 알랭은 말했다. 속마음을 감춘 게 기분 좋았다. '그런데 어째서 내가 그렇게 겁을 먹었던 거지?' 그는 생각했다.

"집이 없거나 원룸아파트에 사는 사람에게는 심각한 문제지."

까미유가 말했다. "하지만 우리는……"

얄궂은 포도주가 낳은 낙관주의의 효과로 차분하고 평온해진 그녀는 담배를 피우며 마치 혼자 있는 것처럼 말을 하고 있었다. 옆구리를 식탁에 얹어놓다시피 한쪽 팔로 머리를 괴고 다리를 꼰 자세였다.

"스커트가 밀려올라갔어, 까미유."

그녀는 그의 말을 듣지 못하고 말을 계속했다.

"우리는, 아이를 갖는 데 가장 중요한 문제를 해결했어. 정원이 있잖아, 게다가 얼마나 근사한 정원이야……! 또 침실이 아주 멋져, 욕실도 딸렸고."

"침실이?"

"자기가 전에 쓰던 침실 말이야. 칠을 새로 했잖아─자기가 가령 하늘색 바탕에 새끼오리와 보주 전나무가 늘어선 띠벽지를 두르자고 하지 않는다면 정말 좋을 텐데…… 그런 건 우리 2세의 심미안을 망쳐놓을 거야……"

그는 그녀의 말을 끊고 싶은 기분을 억눌렀다. 그녀는 두 뺨이 빨갛게 달아오른 채, 자신이 쌓은 모래성을 멀찍이서 바라보는 눈길로 무심하게 말을 이어갔다. 그는 그녀가 그렇게 아름다운 모습을 본 적이 없었다. 그녀의 목이 시작되는 부분, 그 매끈한 나무 밑동, 발달된 근육 다발이 그를 사로잡았다. 또한 담배 연기를 내뿜는 그 두 콧구멍도…… '내가 이 여자에게 쾌감을 느끼게 할 때, 이 여자는 입을 앙다물고 콧구멍을 열어 숨을 쉬지, 작은 말처럼……'

거만한 붉은 입술에서 떨어진 예언이 그의 귀에 들려왔다. 너무 어처구니없는 소리여서 불안감을 불러일으키지도 않았다. 까미유가 알랭의 과거 잔해들을 헤치면서 여성으로서의 삶에 평온하게 다가서고 있었던 것이다. '저런.' 그는 속으로 중얼거렸다. '아주 작정을 했나본데…… 내가 이럴 줄 알았지!' 나중에는 그 넓은 잔디밭이 쓸모가 없다고 하면서 대신 테니스장을 만들지도 몰랐다…… 부엌과 찬방도……

"자기는 그런 곳이 얼마나 사용하기 불편한지, 또 공간도 쓸데없이 얼마나 많이 차지하는지 모르지? 차고처럼…… 내가 이런 이야기를 하는 것은, 자기, 우리가 정식으로 들어가 살 집에 대해 내가 신경을 많이 쓰고 있다는 사실을 자기가 알아줬으면 해서야…… 무엇보다도, 우리는 자기 어머니를 모셔야 하는데, 자기 어머니는 어떤 의미로 애정이 참 깊으셔서 우리가 무엇을 하든 꼬박꼬박 허락을 받아야 하니까…… 그렇잖아?"

그는 되는대로 고개를 끄덕였다가 아니라고 내젓기도 하면서, 흩어진 산딸기를 냅킨 위에 끌어모았다. '자기가 전에 쓰던 침실'이라는 말을 들었던 순간부터 이미 그는 무엇을 듣건 무감각했다. 그 순간은 단지 임시로 쉬어가는 시간, 미리 맛보는 무관심 같은 것이었다.

"어쩌면 우리는 서둘러야 할지도 몰라. 문제가 하나 생겼거든."

까미유가 말을 계속했다. "빠트리끄 오빠가 지난번 보내온 우편엽서는 발레아레스 제도에서 부친 거야. 생각해봐…… 실내장식업자가 공사를 다 끝내기도 전에 오빠가 발레아레스에서 돌아올 수도 있어. 오빠가 발레아레스의 해변에서 미적거리지 않는 이상 가능한 일이야—오빠는 화가 나서 얼굴이 붉으락푸르락하겠지, 수컷 거북을 덮어쓴 페넬로페의 아들[12] 말이야! 하지만 내가 세이렌 목소리를 내어 말하겠어. '귀여운 빠트리끄……' 자기도 알지, 내가 이런 세이렌 목소리를 내면, 빠트리끄 오빠가 고분고분해진다는 걸……"

"발레아레스 제도라고……" 알랭은 말을 끊고 생각에 잠겼다. "발레아레스 제도……"

"아주 가까워, 이제는 돌아왔다고 봐야지…… 자기 어디 가? 그만 일어나자고? 지금 이야기하기 한창 좋은데……"

몸을 일으켜세우자 술이 얼추 깨는 모양인지, 그녀는 졸음으로 하품을 하면서 몸을 바르르 떨었다.

"운전은 내가 할게." 알랭이 말했다. "낡은 망또가 쿠션 밑에 있으니까 그걸 둘러. 그리고 한숨 자둬."

하루살이, 은빛 나방, 조약돌처럼 단단한 사슴벌레가 떼를 지어 전조등 위로 모여들었다. 자동차는 날갯짓으로 가득 찬 대기 속을, 물결을 가르듯 헤쳐나갔다. 까미유는 정말로 잠이 들었다. 몸을 똑

---

12 텔레마코스. 이 그리스 신화 속 인물이 항해 중에 세이렌의 유혹에 부딪치는 이야기를 암시하고 있다.

바로 세운 자세, 심지어 잠이 들어서도 운전자의 어깨와 팔을 짓누르지 않도록 훈련된 자세였다. 단지 고개만 아래위로 끄덕끄덕하며 길가의 까막까치밥나무들을 향해 인사하고 있었다.

'발레아레스 제도에 와 있다고……' 알랭은 속으로 되풀이했다. 흰색 전조등은 검은 공기의 도움을 얻어, 번쩍거리는 날벌레들, 적의 큰 눈들을 유인해서 밀치고 무찔렀다. 적들은 항복을 다음날로 미루었다. 적진으로 들어갈 문의 암호, 비밀숫자도 털어놓지 않고 버텼다. 그래서 그는 그만 뽕샤르트랭과 베르사유 초입 사이로 난 최단거리 길을 지나쳤다. 그 순간 까미유가 잠꼬대로 투덜거렸다. '브라보!' 알랭은 환호했다. '지금 같은 반응은 좋았어. 정확하고 민첩한 반사신경이야…… 아! 지금 당신은 사랑스러워 보여, 당신이 잠들어 있고 내가 당신을 지킬 때 우리는 정말 궁합이 잘 맞아……'

드러낸 머리카락과 옷소매가 이슬에 젖어들 즈음 그들은 자동차에서 내렸다. 그들의 고층아파트 앞 도로였다. 도로는 달빛 아래 인적 없이 비어 있었다. 알랭은 고개를 들어 위를 올려다보았다. 거의 만월에 가까운 달의 한가운데, 십층 높이에 뿔 모양 작은 그림자, 고양이 그림자가 아래로 몸을 기울인 채 기다리고 있었다. 그는 까미유에게 그 그림자를 가리켜 보였다.

"저기 봐! 저 아이가 기다리고 있네!"

"자기는 눈도 좋아." 까미유가 하품을 하며 말했다.

"저러다 떨어지면 어떡하지! 저 아이를 소리 내어 부르지 마, 절대로!"

"안심해." 까미유가 대꾸했다. "내가 불러봤자 오지도 않을걸."

"이유가 있으니 그럴 수밖에." 알랭이 비아냥거렸다.

이 짧은 말을 입 밖에 내뱉는 순간 그는 자신의 말을 후회했다. '너무 일러, 너무 빨리 시작했어. 지금은 이럴 때가 아니야!' 초인종을 누르려고 앞으로 뻗은 까미유의 손이 미처 종에 가닿기 전에 멈칫했다.

"이유라고? 어떤 이유? 어디 대답해봐. 내가 저 신성불가침 짐승에게 버릇없이 굴고 있다는 거야? 내가 그랬다고 저 고양이가 고자질하더냐고?"

'내가 너무 앞서나갔어.' 알랭은 차고 문을 닫으면서 생각했다. 그는 다시 길을 건너서, 싸울 준비를 갖추고 그를 기다리는 아내에게로 갔다. '항복을 하고 그 댓가로 평온한 밤을 얻든가—아니면 아주 세게 나가서 대거리할 여지를 꺾어버리든가—아니면…… 그건 너무 일러.'

"자, 어디 말해보시지!"

"우선 올라가자." 알랭이 말했다.

그들은 각자 입을 꼭 다물고 엘리베이터를 탔다. 엘리베이터가 좁아서 서로 몸을 밀착해야 했다. 아파트에 들어서자마자 까미유가 베레모와 장갑을 벗어 획 집어던졌다. 이 싸움에서 결코 물러서지 않겠다는 선언 같았다. 알랭은 모든 관심이 사아에게 가 있었다.

그는 고양이를 불러 위험한 위치에서 벗어나게 하려고 했다. 참을성 있게 그를 기다렸던 암고양이는 혹시라도 그의 기분을 거스를까 서둘러 그를 따라 욕실로 들어갔다.

"만약 저녁식사를 하러 나가기 전, 당신이 집에 들어왔을 때 들은 고함 때문에 그런 말을 한 거라면……" 그가 다시 돌아오자 까미유가 날을 바싹 세운 기세로 말을 시작했다……

알랭은 이미 태도를 결정한 터라 시큰둥하게 말을 끊었다.

"여보, 우리가 서로 무슨 말을 하겠어? 고작해야 우리가 아는 사실뿐이야. 당신이 저 고양이를 좋아하지 않는다는 것, 고양이가 꽃병을 깨뜨려서 당신이 뷔끄 아주머니에게 언성을 높였다는 것, 아니면 유리잔을 깨뜨려서 그 파편이 내 눈에 띄었던 것? 당신 말대로 나는 사아를 애지중지해. 그렇지만 당신이 그걸 질투한다는 것은 어릴 적 친구에게 지닌 내 뜨거운 우정을 질투하는 셈이야…… 이러다 날 새겠다. 고맙지만 난 자고 싶어. 자, 다음번에는 당신이 선수를 쳐서 강아지를 한마리 들여놓는 게 어떨까."

까미유는 화가 나서 어쩔 줄 모르며, 그렇게 화를 내는 자신이 별안간 바보로 취급당하는 것에 아연실색하며, 눈썹을 치켜뜨고 그를 쳐다보았다.

"다음번? 어떤 다음번? 말하고 싶은 게 뭐야? 선수를 치다니?"

알랭은 어깨를 으쓱해 보였다. 그녀는 얼굴이 빨갛게 달아올랐다. 다시금 아주 어린 표정이 된 그녀의 얼굴에서 두 눈에 타닥거리는 불꽃이 곧이어 굴러떨어질 눈물방울을 예고하고 있었다.

'아! 지겨워……' 알랭이 속으로 신음했다. '저 여자는 이제 곧 숙이고 나올 테지. 자기가 잘못했다고 말이야. 지겨워……'

"잘 들어, 알랭……"

그는 애써 거칠게, 권위적으로 반응했다.

"아니, 여보. 꿈도 꾸지 마. 당신이 아무리 그래도 인정할 수는 없어. 기분 좋게 즐기던 저녁을 내가 쓸데없는 말씨름으로 끌고 간 게 아니라고! 천만에, 당신이 그런다고 유치한 짓거리가 진지한 드라마가 되지는 않아. 내가 동물을 사랑하는 것을 막을 수도 없고!"

까미유의 두 눈에 어떤 종류의 신랄한 웃음기가 스쳐갔다. 하지만 그녀는 아무 말도 하지 않았다. '아무래도 내가 조금 세게 나갔었나? 유치한 짓거리라고 한 건 지나쳤어. 게다가 동물을 사랑하는 것이 나와 무슨 상관이야, 나는 그런 일에 대해 아는 것도 없는데……' 밤의 까마득한 끄트머리에 올라앉아 있는 어떤 자그마한 형상, 푸르스름한 그림자로 보이는, 윤곽 가장자리를 구름처럼 은빛으로 감친 그 작은 형상이 그의 생각을 점령했다. 이어서 그 푸른 형상은 영혼 없이 공허하던 그 자리에서 그를 구출해주었다. 그가 자신의 행복한 고독, 이기주의, 시를 결사적으로 방어하고 있던 그 자리에서……

"자, 나의 꼬마 적군." 그는 비열한 매력을 과시하며 말했다. "우리도 그만 들어가 쉬자."

그녀는 욕실 문을 열었다. 그곳에는 사아가 밤을 보내기 위해 타월지 커버를 씌운 스툴 위에 올라앉아 있었다. 고양이는 그녀가 들어와도 본체만체 조금도 관심을 주지 않았다.

"대체 어째서, 어째서…… 어째서 내게 그렇게 말한 거야, 다음 번에는,이라니……"

까미유의 목소리는 물소리에 묻혀 끊어졌다. 알랭도 대답하지 않았다. 침대의 그녀 옆자리로 다시 온 그는 잘 자라는 인사와 함께 화장을 지운 그녀의 콧잔등에 대충 입을 맞추었다. 하지만 까미유의 입은 그의 턱에 키스하며 갈증에 찬 작은 소리를 냈다.

일찍 잠이 깬 그는 발소리를 죽여 전실 벤치 위로 가서 다시 몸을 뉘었다. 두 유리벽 사이에 놓인 좁다랗고 긴 의자였다.

그는 매일 밤 그 긴 의자로 와서 비로소 휴식을 완성했다. 유리벽의 한쪽 끝에서 다른 쪽 끝까지 두꺼운 방수 직물 커튼을 쳤다. 커튼은 새것에 가까웠지만, 이미 태양빛에 반쯤 변색되어 있었다. 그는 자신의 육체에서 고독의 향취를 들이마셨다. 노랑싸리와 회양목꽃의 알싸한 향, 고양이에게서 나는 향내였다. 한 팔은 쭉 뻗고, 다른 한 팔은 가슴에 접어붙인 채, 그는 어릴 적 잠의 여리고도 당당한 자세를 취했다. 이 삼각형 집의 좁다란 용마루에 매달려 그는 온 힘을 다해 예전의 꿈, 사랑의 피로가 부숴놓은 꿈을 되살려 내려고 했다.

짧은 편지를 남겨놓고 가벼운 걸음으로 계단을 내려와 택시를 잡아타는 행동만으로는 도망칠 수 없게 된 이후로, 그는 즉시 달아나야 한다는 생각에 사로잡혀, 까미유에게는 안된 일이지만, 육체가 일으키는 순전한 위축만으로 쉽게 달아나곤 했다. 까미유는 지금까지 사귄 그 어느 여자에 비춰봐도 도무지 예측하기 어려웠다. 젊은 아가씨다운 까미유의 사교성, 육체에 대해 사심없이 달아오르는 그녀의 갈망이 낯설었을 뿐 아니라, 까미유가 부부간의 다툼에서 어떤 점에서 자존심을 다치는지도 종잡을 수 없었다.

도망쳐서 전실 벤치에 다시 몸을 뉘고, 자신이 무엇보다 좋아하는 순대 모양 작은 쿠션을 목덜미로 비비적거리면서 알랭은 조금 전 자신이 빠져나온 방 쪽으로 주의 깊게 귀를 기울이곤 했다. 하지만 까미유가 다시 문을 여는 일은 없었다. 그녀는 홀로, 구겨진 시트와 비단 솜이불을 몸에 감고, 분함과 서러움을 이기지 못해 집게손가락을 구부려 잘근잘근 깨물었다. 그러고는 흰 빛으로 침대를 한쪽 끝에서 다른 쪽 끝으로 좁다랗게 가로지르는 긴 크롬 램프 덮개를 눈꺼풀인 양 거칠게 툭 쳐서 내렸다. 알랭은 그녀가 빈 침대에서 잠을 잤는지 결코 알지 못했다. 그 침대에서, 그렇게 이른 나이에, 그녀는 홀로 외롭게 밤을 보낼 경우에는 눈을 뜰 때 반드시 무장해야 한다는 사실을 배웠다. 그래야 싱싱한 모습으로 나날 수 있으니까, 목욕가운과 전날의 파자마를 벗고 어느정도 치장하고 나타날 수 있으니까 말이다. 그러나 그녀는 남자의 관능이란 덧없이 짧은 계절이라는 사실을, 그 계절은 불분명하게나마 다시 돌아오겠지만 결코 새로 시작될 수는 없다는 사실을 알지 못했다.

그녀의 불성실한 남편은 혼자 그렇게 누워 밤공기에 젖은 채 가까운 쎈 강의 배들이 지르는 가느다란 비명을 척도로 삼아 자기가 있는 그 꼭대기의 고요와 높이를 재면서 늦게까지 잠을 자다가 사아의 모습이 보일 때에야 일어나곤 했다. 암고양이는 그에게로 와서 열린 큰 유리창 창턱에 걸린, 그늘보다 더 푸른 그늘이 되었다. 암고양이는 그렇게 창턱 위에 앉아 망을 보았다. 알랭의 가슴으로 내려오는 법은 없었다. 그가 암고양이를 귀에 익은 말로 애원하듯 불러도 듣지 않았다.

"이리 와, 내 귀여운 살쾡이. 어서…… 꼭대기의 내 고양이, 라일락외 내 고양이, 사아, 사아, 사아……"

고양이는 그의 머리 위 창문턱에 앉은 채 그에게로 오지 않고 버텼다. 그는 암고양이를 하늘을 배경으로 그려지는 형상으로만, 그를 향해 기울인 턱, 그를 향해 열렬히 방향을 더듬고 있는 두 귀의 형태로만 알아보곤 했다. 그러나 고양이의 눈에 담긴 표정을 파악할 수는 없었다.

이따금 어떤 날은, 축축한 바람이 일기 전 아직은 습기를 먹지 않은 여명이 동쪽 테라스 위에 올라앉은 그들의 모습을 보았다. 그들은 뺨을 맞대고 희뿌옇게 서서히 창백해져가는 하늘을, 폴리생잠[13]의 아름다운 삼나무에서 한마리 한마리 날아오르는 흰 비둘기들을 응시하고 있었다. 그들은 함께 지상으로부터 이렇게 멀리 와 있다는 사실에, 이렇게 단둘만 있다는, 게다가 이처럼 행복하지

─────────────────────

13 Folie-Saint-Jammes. 끌로드 보다르 드 쌩잠(Claude Baudard de Saint-James, 1738~87) 남작이 1780년경 사재를 털어 건축한 아름다운 저택으로, 공원이 되었다.

않다는 사실에 놀라곤 했다. 사이는 날아오르는 비둘기들을 사냥꾼다운 열렬하고 율동적인 움직임으로 쫓으며 "……에끄 ……에끄……" 얼마간의 소리를 흘렸다. 흥분, 갈망, 그리고 격렬한 놀이를 의미하는 언어 '무에끄…… 무에끄……'의 희미한 메아리였다.

"저곳이 우리 방이야." 알랭은 고양이에게 귓속말을 했다. "저곳이 우리 정원, 저기는 우리 집……"

암고양이의 몸은 또다시 앙상해져가고 있었다. 그 앙상함이 알랭에게는 경쾌하고 매혹적으로 비쳤다. 하지만 그는 암고양이가, 하나의 약속에 매달려 시들어가고 또 그 약속으로 버티는 사람들이 다 그렇듯, 그처럼 온순하고 참을성 있는 모습을 보이는 것이 고통스러웠다.

해가 하늘 한가운데로 완전히 떠오르고, 그에 따라 그림자들이 짧아지면서 알랭은 다시 졸음에 빠져들었다. 태양은 처음에는 빠리의 안개로 인해 빛 가지가 잘리고 부풀어오른 듯이 보이더니, 이어서 부푼 살의 물기를 다시 빼고 단단히 뭉쳤다. 이미 뜨겁게 달아오른 태양은 하늘 위로 상승해서 정원에 모인 참새들의 재잘거림에 타닥타닥 불을 붙였다. 넘칠 듯 가득한 햇빛은 테라스 위, 발코니 위, 소관목들이 화분에 갇혀 시들어가는 한뼘 크기 안뜰에 남겨진 무더웠던 하룻밤의 무질서, 긴 등나무 의자에 걸쳐놓고 잊어버린 옷가지, 작은 철제 원탁에 놓인 빈 유리컵들, 쌘들 한켤레의 그 무질서를 고스란히 폭로하고 있었다. 알랭은 여름에 유린된 이좁은 아파트의 불순함에 증오심이 솟구쳤다. 그는 유리 칸막이의 열린 패널을 통해 한달음에 자신의 침대로 돌아갔다. 십층 아파트 건물 맨 아래 작은 텃밭, 볼품없이 앙상한 채소들 가운데서 한 정원사가 고개를 들어올려, 얼굴색 하얀 이 젊은 남자가 도둑처럼 날렵하게 투명한 유리벽으로 침투해 들어가는 것을 지켜보았다.

사아는 그를 따라가지 않았다. 때론 한쪽 귀를 삼각형 침실을 향해 기울였다가 때론 멀리, 이제 막 잠에서 깨어난 세계, 지표면의 세계를 시큰둥하게 지켜보았다. 허름한 어느 작은 집에서 목줄이 풀린 개 한마리기 뛰어나와 소리없이 안뜰 주위를 한바퀴 돌았다. 개는 이 목적없는 배회를 마친 뒤에야 한번 컹하고 짖었다. 여인들이 창가에 나타났다. 어느 집의 화난 가정부가 문들을 세차게 여닫더니, 이딸리아식 평지붕 위로 오렌지색 쿠션들을 털어대고——마지못해 잠자리에서 몸을 빼낸 남자들은 아침 첫 담배의 독한 연기를 빨아들였다…… 이윽고 까르드브리의 연기 없는 부엌에서 피리소리 내는 커피여과기와 전기 찻주전자가 서로 충돌했다. 욕실 유리창을 통해 까미유의 향수 냄새와 요란한 하품 소리가 날아올랐다…… 사아는 체념하고, 다리를 깔고 엎드려 잠이 든 척했다.

칠월의 어느 저녁, 까미유와 암고양이는 같은 난간에서 각자 알랭의 귀가를 기다리고 있었다. 고양이는 난간 위에 꿇어엎드린 자세였고, 까미유는 두 팔을 교차시켜 난간에 괴고 있었다. 까미유는 암고양이가 차지한 이 발코니 테라스를 좋아하지 않았다. 테라스는 양편이 벽으로 막혀 있었는데, 이 벽은 바람을 막아주지만 또한 가운데 거실 테라스를 건너다볼 수 있는 시야도 가로막고 있었다.

까미유와 암고양이는 순전히 서로를 탐색하는 눈길을 한번 힐끗 주고받았다. 그런 후에도 까미유는 사아에게 말을 걸지 않았다. 팔꿈치를 괸 자세로 그녀는 몸을 기울였다. 까마득히 높은 건물 전면의 맨 위층에서 바닥까지 비스듬한 각도로 첩첩이 쌓인 오렌지색 차양의 갯수를 세어보려는 것 같은 동작이었다. 그러고 나서 그녀는 고양이를 툭 건드렸다. 고양이는 몸을 일으켜 그녀에게 자리를 내주었다. 몸통을 한번 길게 죽 뻗은 다음, 암고양이는 좀 떨어진 자리로 옮겨가 다시 엎드렸다.

혼자 있게 되자 까미유는 다시 예전의 소녀, 안녕이라고 인사하기를 한사코 마다하던 소녀의 모습이 되었다. 어린 시절로 돌아간 그녀의 얼굴에 순진하면서도 무정한, 천사 같으면서도 새침한 표정, 즉 어린 얼굴이 지닌 고상한 기품이 떠올랐다. 그녀의 눈길, 어느 쪽을 향해서든 공평하게 엄격하고, 필경 그 어느 것도 비난하지 않는 그 눈길이 빠리 이곳저곳을 떠돌다가, 이어서 하루하루 해가 짧아지는 하늘을 산보했다. 그녀는 입을 크게 벌려 하품을 하고, 다시 몸을 세워 몇걸음 의미없이 서성거리다가 또다시 몸을 숙이며 암고양이를 슬쩍 압박했다. 암고양이는 바닥으로 뛰어내릴 수밖에 없었다. 사아는 당당한 걸음으로 걸어갔다. 침실로 들어가려는 것 같았다. 그러나 삼각형 방과 발코니 사이 유리문은 닫혀 있었다. 사아는 인내심을 발휘해 앉은 자세로 기다렸다. 잠시 후 암고양이는 까미유에게 통로를 내주어야 했다. 까미유가 갑작스럽게, 게다가 보폭까지 크게 잡고 발코니 한쪽 벽에서 다른 쪽 벽까지 오가기 시작한 것이다. 암고양이는 난간 위로 뛰어올라갔다. 까미유는 재미삼아 그러는 듯 난간에 팔꿈치를 괴어 암고양이를 쫓아냈다. 그러자 사아는 또다시 닫힌 문 앞에 가서 앉았다.

까미유는 고양이를 등진 채 먼 곳을 바라보며 서 있었다. 그러나 암고양이는 까미유의 등을 빤히 응시했다. 고양이의 호흡이 점점 더 빨라졌다. 고양이는 몸을 일으켜 제자리에서 두세번 맴을 돌더니 닫힌 문을 살폈다…… 까미유는 꼼짝도 하지 않았다. 사아가 콧구멍을 부풀려 어떤 불안감을 드러냈다. 그것은 혐오감을 닮은 공포였다. 소리를 길게 늘어뜨리는 한마디 침통한 울음소리, 어떤 절박하고도 말없는 의도의 가련한 대응물이 고양이에게서 새어나왔다. 그 소리에 까미유는 뒤를 돌아보았다.

그녀는 조금 창백해진 얼굴이었다. 말하자면 색이 선명한 연지분이 두개의 타원형 달 모양으로 뺨 위에 도드라져 보였다. 그녀는 방심한 척해 보였다. 마치 어떤 사람이 자신을 지켜보는 것을 알고 일부러 딴청을 부릴 때 같은 태도였다. 그러나 그녀는 콧노래를 흥얼거리기 시작했고, 그 노래 박자에 맞춰 발코니의 끝에서 끝까지 다시금 걸음을 옮겨놓았다. 그러면서도 한사코 입은 꼭 다물고 있었다. 그녀의 발이 곧장이라도 암고양이를 해칠 듯이 살기를 띠었다. 그녀의 발에 쫓겨 암고양이는 좁다란 난간 위로 다시 뛰어올랐다가 이어서 뒷걸음질 치듯 등을 문에 바싹 붙였다.

사아가 다시 몸을 바로 세웠다. 또 한번 울음소리를 냈으나 거의 죽어가는 듯 가냘픈 소리였다. 까미유는 사냥감을 쫓듯 고양이를 몰아대면서도 고양이가 눈에 보이지 않는 척했다. 그녀는 입을 꼭 다문 채 숨소리 한번 내지 않았다. 테라스 이쪽 끝으로 갔다가 다시 저쪽 끝으로 발을 옮겼다. 궁지에 몰린 사아는 까미유의 발이 자신의 몸 위로 와닿을 찰나에야 간신히 난간 위로 뛰어올랐다. 그러고는 십층 높이에서 자신을 집어던지기라도 할 듯 휙 뻗어오는 팔을 피하기 위해 다시 발코니 바닥으로 뛰어내렸다.

고양이는 요령있게 위기를 피하고 있었다. 살짝살짝 몸을 비키면서 눈을 떼지 않고 적을 응시했다. 분노로 맞대응하지도 않았고, 애처롭게 호소하지도 않았다. 극도의 흥분, 죽을지도 모른다는 두려움으로 축축이 땀에 젖은 고양이의 민감한 발바닥이 발코니 석회 바닥에 꽃무늬들을 찍어냈다.

까미유가 먼저 지친 듯이 보였다. 범죄를 향해 치달리던 힘이 빠져나간 것 같았다. 그녀는 해가 넘어가고 있다는 걸 알아차리고, 손목시계를 들여다보고는, 아파트 안에서 나는 어떤 쨍그랑 소리에 귀를 기울였다. 그럼으로써 그녀는 잘못을 저질렀다. 잠시만 시간을 더 버틴다면 이윽고 그녀가, 마치 몽유병자가 잠에서 깨어나듯 애초에 먹었던 마음을 접을 거라는, 그럼으로써 죄없고 그저 지쳐버린 여자로 남을 거라는 기대를 심어주었으므로…… 사아는 적수에게서 풍겨오던 완강한 의지가 흔들리는 것을 감지하고 난간 위에서 머뭇거렸다. 바로 그 순간, 까미유가 두 팔을 뻗어 암고양이를 허공으로 밀었다.

아주 잠깐 까미유는 발톱들이 벽체를 긁는 소리를 들었다. 아주 잠깐 그녀는 사아의 푸른 몸통이 S자로 비틀려, 마치 수면을 박차고 뛰어오르는 숭어처럼 허공에 매달리는 모습을 보았다. 그러고 나서 그녀는 뒷걸음질 쳐서 벽에 몸을 기댔다.

그녀는 아래쪽, 가장자리를 둘러 새로 석재를 쌓아올린 작은 꽃

발을 내려다보려고도 하지 않았다. 침실로 다시 들어간 그녀는 양손으로 귀를 틀어막았다가, 다시 손을 떼고 마치 윙윙거리는 모기를 떨어버리려는 사람처럼 고개를 흔들었다. 자리에 주저앉았다. 자칫 잠이 들 뻔했다. 하지만 짙어지는 어둠이 그녀를 다시 일으켜 세웠다. 그녀는 어둑한 그늘을 쫓아버리려고 유리 블록의 스위치를 올렸다. 긴 전등과 버섯 전구도 켰다. 침대 머리맡 전등도 덮개를 열어 켰다. 크롬 눈꺼풀을 치켜올린 전등이 침대 위로 유백색 시선을 던졌다.

그녀는 유연한 몸동작으로 이리저리 옮겨다니며 전등마다 불을 켰다. 손놀림은 경쾌하고 능숙했고, 꿈꾸는 듯 일렁거렸다.

"내가 날씬해졌나봐……" 그녀는 크게 소리 내어 말했다.

입고 있던 옷을 벗고 흰옷으로 갈아입었다.

"우유잔에 빠진 내 귀여운 파리"라고 하면서 알랭의 목소리를 흉내 내보았다. 어떤 관능의 기억이 스쳐가며 그녀의 뺨에 다시 색깔을 입혔다. 그 기억이 그녀를 현실로 되돌려놓았다. 그녀는 알랭이 돌아오기를 기다렸다.

엘리베이터가 윙윙거리며 작동하는 소리가 들리면 그녀는 그쪽으로 고개를 기울였다. 갖가지 소리가 들릴 때마다 몸을 움찔했다. 트램펄린을 퉁퉁 구르는 소리, 금속이 맞부딪히는 소리, 강에 정박한 배의 삐걱거림, 마개를 틀어막은 듯 붕붕거리는 음악 소리 — 최신식 주거지의 덜거덕거리는 일상이 흘리는 소리였다. 하지만 그녀가 깜짝 놀라는 얼굴을 보인 것은 열쇠가 자물쇠 구멍을 찾아

달각거리는 소리에 이어, 현관 앞 전실에서 깊은 동굴 속에서 흘러나오는 것 같은 짐승 울음소리가 들려왔을 때뿐이었다. 그녀는 달려가서 직접 문을 열었다.

"문을 닫아." 알랭이 명령조로 말했다. "이 아이가 다치지나 않았는지 먼저 살펴봐야 해. 이리 와, 당신이 전등을 비춰줘."

그는 살아 있는 사아를 품에 안고 있었다. 그는 곧장 침실로 들어가 투명화장대 위의 잡동사니들을 한쪽으로 밀어버리고 유리판 위에 암고양이를 조심스레 내려놓았다. 고양이는 네 다리로 똑바로 섰다. 그러나 낯선 집에서 온 것처럼 동공을 깊숙이 오므려 주위를 둘러보았다.

"사아……!" 알랭이 낮은 소리로 불렀다. "이 아이한테 별일이 없다면 그건 기적이야…… 사아!"

암고양이는 알랭을 안심시키려는 듯 머리를 들고 뺨을 그의 손에 갖다댔다.

"걸어봐, 사아…… 걸을 수 있구나! 아! 그렇지, 그렇지…… 여섯층 아래로 떨어졌는데…… 삼층의 차양이 충격을 완화해주었어…… 그 차양에서 튕겨나가 다시 관리실 앞 작은 잔디밭에 떨어진 거야. 관리인이 이 아이가 떨어지는 걸 보았대. '우산이 떨어지는 줄 알았어요……'라고 하더군. 이 아이의 귀에 묻은 게 뭐지……? 아니구나, 벽의 석회 가루야. 잠깐만, 심장박동을 들어봐야겠어."

그는 암고양이를 옆으로 누이고 팔락거리는 옆구리, 덜걱거리며 불규칙하게 작동하는 그 조그마한 생명장치 위에 귀를 대고 맥을 짰다. 그의 금발 머리카락이 고양이의 옆구리 위로 펼쳐졌다. 그는 그대로 눈을 감고 잠이 든 것 같았다. 이윽고 그가 한숨을 쉬며 눈을 떴다. 그의 눈에 들어온 것은 까미유의 모습이었다. 그녀는 밀착해 있는 둘의 모습을 말없이 서서 바라보고 있었다.

"아무렴, 이것 봐……! 별문제 없어 ─ 최소한 내가 보기에는 아무 이상 없어. 심장박동이 아주 빠르기는 한데, 하지만 고양이의 심박은 빠른 게 보통이니까. 그런데 대체 어떻게 이런 일이 생겼을까? 혹시 당신이 아는 게 있을까 해서 묻는 거야, 여보. 이 아이는 저쪽에서 떨어졌어……"라고 말하면서 그는 열린 발코니 문을 바라보았다. "바닥에 뛰어내려봐, 사아, 어디 할 수 있나 보자……"

암고양이는 잠시 머뭇거린 후 뛰어내렸지만 카펫 바닥에 다시 드러눕고 말았다. 고양이의 호흡이 가팔라졌다. 그러면서도 여전히 불안한 눈빛으로 방의 온 사방을 둘러보고 있었다.

"셰롱에게 전화해야겠어…… 그런데, 이것 좀 봐, 이 아이가 몸을 핥고 있네. 어딘가 드러나지 않은 상처가 있다면 몸을 핥지는 않을 거야…… 아! 다행이다……"

그가 기지개를 켜듯 몸을 쭉 늘려펴더니, 웃옷을 벗어 침대 위로 던지고는 까미유에게 다가왔다.

"정신을 바짝 차려야겠는걸…… 당신이 이렇게 온통 하얀 옷으로 예쁘게 치장하고 있으니까 말이야…… 키스해줘, 우유잔에 빠진 내 귀여운 파리……!"

그녀는 자신도 거기 있다는 사실을 마침내 기억해준 그 품에 안겼다. 그러고는 터지는 울음을 억누르지 못해 어깨를 들썩였다.

"아니……? 우는 거야?"

이번에는 그가 당황했다. 그가 그녀의 검고 부드러운 머리카락 속에 이마를 파묻었다.

"나는…… 당신이 좋은 사람이라는 걸 모르고 있었어, 왜 그런 거 있잖아……."

그녀는 이런 말을 들으면서도 그의 품에 그대로 안겨 있을 용기가 있었다. 게다가 알랭은 곧바로 몸을 빼서 사아에게 되돌아갔다. 그는 사아를 테라스에 데려다놓으려고 했다. 더위를 피하게 해주려는 것이었다. 그러나 암고양이는 가지 않으려고 버텼다. 자신의 털 색깔처럼 푸른 밤을 향해 몸을 돌린 채 문지방 근처에 웅크리고 있으려 했다. 이따금 고양이는 순간적으로 부르르 몸을 떨었다. 그러고는 자기 뒤편 삼각형 방의 안쪽을 노려보며 감시했다.

"충격을 받아서 그래." 알랭이 설명했다. "바깥 테라스에 데려다 놓아야겠는데……."

"거기 있게 내버려둬." 까미유가 작은 목소리로 말했다. "고양이가 나가지 않으려 하잖아."

"이 아이의 기분에 맞춰줘야지. 특히 오늘은! 우리 뭔가 먹을 수 있을까? 시간이 이렇게나 되었지만 말이야. 9시 반이네!"

뷔끄 아주머니가 식탁을 밀어 테라스로 갖다놓았다. 그들은 열기가 온 사방 빼곡히 들어찬 여름날의 빠리를 펼쳐놓고 저녁식사를 했다. 알랭은 말을 많이 했고, 물에 포도주를 섞어 마셨다. 그는 사아가 둔하다고, 조심성이 없다고 나무랐다. 사아가 '고양이 실수'를 저지른 거라고 했다······

"'고양이 실수'라는 건 고양이가 운동 중에 일으키는 일종의 오동작이야. 가정집에서 길들여져 생활하는 탓에 생기는 장애 같은 것이지. 이건 행동이 둔하다는 것과는 달라. 일부러 그런다 싶게 과격하고 거친 행동이거든······"

하지만 까미유는 '그런 걸 어떻게 알았어?'라고 묻지도 않았다.

식사를 마친 후 그는 사아를 안고 까미유에게 집 안으로 들어가자고 했다. 암고양이는 먹기를 한사코 거부하더니 집 안에 들어가서야 우유를 먹었다. 우유를 홀짝이면서 고양이는 아주 찬 물을 뒤집어쓸 때처럼 온몸을 부르르 떨었다.

"충격을 받은 탓이야." 알랭이 되풀이 말했다. "그래도 셰롱에게 내일 아침 이 아이를 보러 와달라고 부탁해놓아야겠어······ 오! 까맣게 잊고 있었군!" 그가 쾌활하게 소리쳤다. "관리실에 전화해! 두루마리 도면을 거기 놓아두고 왔어. 우리의 빌어먹을 실내장식 업자 마사르가 거기 맡겨놓은 배치도 말이야."

까미유는 알랭이 시키는 대로 전화기를 들었다. 그러는 동안 알랭은 피곤하기도 하고 긴장도 풀려서 방에 놓인 소파 하나에 몸을 묻고 눈을 감았다.

"여보세요!" 까미유가 전화기에 대고 말하고 있었다. "네······ 그게 맞을 거예요. 큰 원통처럼 말아놓은 서류예요······ 고맙습니다."

눈을 감은 채 그가 웃고 있었다. 그녀가 다시 그에게로 왔고, 그가 웃는 것을 보았다.

"모깃소리를 내고 있잖아! 목구멍으로 기어들어가는 그 새로운 소리는 대체 뭐야? '큰 원통처럼 말아놓은 서류예요…… 고맙습니다.'" 그가 애교스럽게 말했다. "그런 모깃소리는 관리인 아주머니용으로 마련한 거야? 이리 와봐, 우리 둘이 힘을 합쳐서 마사르의 이 최후의 창조물들과 맞서보자."

그는 흑단 탁자 위에 큰 와트만지 도면을 펼쳤다. 종이류라면 무엇이든 아주 좋아하는 사아가 즉시 도면 위로 뛰어올라왔다.

"착하기도 하지!" 알랭이 탄성을 질렀다. "자기한테 아무 문제가 없다는 걸 나한테 보여주려는 거야. 오, 우리 기특한 생존자……! 이 아이의 머리에 혹이 나 있지 않아? 까미유, 이 아이의 머리를 만져봐…… 아니구나, 혹이 아니야. 그렇지만 머리를 만져봐, 까미유……"

조무래기 살해미수범은 고분고분하게도, 이제껏 쫓겨나 있던 유형지에서 빠져나오려는 시도를 했다. 그녀는 손을 내밀어 부드럽게, 삼가 비루한 증오심을 담아 암고양이의 두개골에 갖다댔다.

고양이가 낼 수 있는 가장 거친 울음소리, 외마디 비명이 터져나왔다. 암고양이가 발작을 일으키듯 펄쩍 뛰었다. 자신이 내민 손에 대한 이 응답에 까미유는 '아!' 하고 불에 덴 사람처럼 소스라쳤다. 펼쳐진 도면 위에 버티고 서서 암고양이는 이 젊은 여자에게 불길처럼 이글거리는 비난을 퍼부었다. 잔등의 털을 바싹 세우고 송곳

니와 붉은 아가리를 활짝 드러내면서……

알랭이 몸을 일으켰다. 여차하면 사아와 까미유 사이를 막아설 참이었다.

"조심해! 이 아이가…… 어쩌면 공수병일지 몰라…… 사아……"

고양이는 알랭 쪽을 거칠게 바라보았지만 말귀를 금방 알아듣는 것으로 봐서 분별력에 문제가 없다는 사실을 알 수 있었다.

"무슨 일이지? 이 아이의 어디를 만진 거야?"

"만지지 않았어……"

두 사람은 낮은 소리로, 떨어지지 않는 입을 억지로 열어 말하고 있었다.

"이런, 설마……" 알랭이 말했다. "이해를 못하겠어…… 한번 더 손을 갖다대볼래?"

"아니, 싫어!" 까미유가 거절했다. "아무래도 이 고양이는 공수병에 걸린 것 같아." 그녀가 덧붙였다.

알랭이 위험은 상관없다는 듯 사아를 쓰다듬었다. 고양이는 고슴도치처럼 빳빳이 세웠던 털을 눕히고 다정한 손바닥 아래 자신을 맡겼다. 하지만 까미유를 향해 또다시 두 눈에 불을 켰다.

"이런, 설마……" 알랭이 또다시 말했다. 느린 말투였다. "이것봐, 이 아이의 코에 찰과상이 있어. 이 상처는 지금 처음 봤어…… 피가 말라붙어 있네. 사아, 사아, 착하지……" 그는 노란 두 눈에 노여움이 솟구치는 것을 보면서 말했다.

양 볼을 부풀리고 빳빳한 수염을 앞으로 내뻗은 터라 이 암고양이는 사나운 분노에 사로잡힌 상황임에도 마치 웃는 것처럼 보였다. 눈앞의 전투가 주는 희열로 연보라색 입꼬리가 치켜올라가고, 근육질의 유연한 아래턱이 팽팽하게 긴장했다. 암고양이의 얼굴 전체가 보편적인 어떤 언어를 전달하려고 기를 쓰고 있었다. 인간들은 잊어버린 어떤 단어를……

"이게 뭐지? 이것 말이야." 알랭이 별안간 물었다.

"뭘 말하는 거야?"

고양이의 눈빛을 받으며 까미유는 용기와 방어본능을 되찾았다. 알랭은 도면 위로 몸을 굽혀, 습기 때문에 생긴 자국들을 들여다보며 그 정체를 풀려고 했다. 그 자국들은 중앙의 불규칙한 얼룩을 둘러싸고 작은 얼룩 네개가 나 있는 형태로, 무리 지어 찍혀 있었다.

"이 아이의 발이…… 젖어 있나?" 알랭이 중얼거렸다.

"물 있는 데를 디뎠나보지." 까미유가 말했다. "아무것도 아닌 일로 공연한 상상을 하고 있네!"

알랭은 메마른 푸른 어둠 쪽을 향해 고개를 들었다.

"물을 디뎠다고? 어디에 물이 있는데……?"

그는 아내를 향해 몸을 돌렸다. 둥그렇게 뜬 눈 때문에 묘하게 추해 보였다.

"이 자국들이 무엇인지 모르겠어?" 그의 말투가 신랄했다. "모르겠지, 당신은 아무것도 모를 거야. 이건 공포심의 표현이야, 알겠지, 공포심 때문이라고. 공포심 때문에 땀을 흘리는 거야. 고양이의 땀, 고양이가 땀을 흘리는 유일한 경우라고…… 따라서 이건 이 아이가 공포심을 느꼈다는 말이지."

그는 사아의 앞발 하나를 살며시 들어올려 발바닥의 살갗을 손가락으로 문질렀다. 이어서 오므린 발톱이 숨어 있을 흰 솜털을 젖혀보았다.

"발톱이 전부 부서졌어……"그는 혼잣말을 하듯 중얼거렸다. "뭔가를 움켜잡고…… 매달렸나봐…… 떨어지지 않으려고 돌을 할퀸 거야…… 이 아이가……"

그는 말을 끊고 입을 꾹 다문 채 암고양이를 들어올려 옆구리에 끼고 욕실로 데려갔다.

혼자 남겨진 까미유는 제자리에 얼어붙은 듯이 서서 귀를 기울였다. 그녀는 양손을 깍지 끼었다. 그녀는 동작이 얼마든지 자유로울 수 있는 그 상황에도 끈에 칭칭 묶인 사람처럼 보였다.

"뷔끄 아주머니," 알랭의 목소리가 외쳤다. "우유가 남아 있나요?"

"예, 므시외. 냉장고에 있어요."

"그렇다면, 차가운 것이겠네요?"

"하지만 렌지에 올려 데우면 되죠…… 말씀만 하세요. 그런데…… 고양이한테 먹이시려고요? 녀석이 병이 난 건 아니죠?"

"아니에요, 병은 아니고……"

알랭의 목소리가 갑자기 뚝 끊겼다. 그러더니 어딘지 달라진 말투로 이어졌다.

"……이 아이가 더위 탓에 살코기가 입맛에 당기지 않나봐요…… 수고하셨어요, 뷔끄 아주머니. 네, 이제 그만 가보세요. 내일 아침에 뵙죠."

까미유는 남편이 발걸음을 옮겨놓는 소리를 들었다. 수도꼭지를 틀었는지 물소리가 들렸다. 암고양이에게 먹을 것과 신선한 물을 먹이고 있다는 걸 알 수 있었다.

금속 전등갓 위로 흩어진 어둠이 그녀의 얼굴까지 올라오고 있었다. 얼굴에서 움직이는 것이라고는 천천히 깜박이는 커다란 두 눈동자뿐이었다.

알랭이 그녀 쪽으로 돌아오면서 가죽 허리띠를 대강 다시 조여 맸다. 그가 다시 흑단 탁자를 앞에 두고 앉았다. 그러나 까미유에게 옆에 와서 앉으라는 말은 하지 않았다. 그녀가 먼저 말을 꺼내야만 했다.

"퇴근하라고 말했어? 뷔끄 아주머니한테?"

"응. 그럼 안되나?"

그는 담배 한개비를 꺼내 불을 붙인 후, 라이터 불꽃을 빤히 응시했다.

"내일 아침에 장 봐올 것을 말해두려 했는데…… 오! 그건, 아무려나, 상관없어. 미안해하지 않아도 돼……"

"나는 미안해하는 게 아닌데…… 사실 사과했어야 했겠지."

그는 열린 테라스 쪽으로 발걸음을 떼어놓았다. 밤의 푸른 어둠이 그를 이끌었다. 그는 자기 내부에서 어떤 전율이 번져나가는 것을 느꼈다. 조금 전의 흥분 때문은 아니었다. 그것은 오케스트라 연주의 뜨레몰로 비슷한, 둔중하게 퍼져나가며 뭔가를 예고하는 전율이었다. 폴리생잠에서 폭죽 한발이 솟아올라 터지면서 무수한 별똥별 꽃잎들을 퍼뜨렸다. 그 빛 조각들이 하나하나 시들어 떨어지면서 밤의 푸른 어둠은 다시 원래의 평온, 미세한 입자를 가득 머금은 그 입체감을 회복했다. 폴리생잠의 인조석 동굴, 주랑, 폭포의 흰 조명이 작열하듯 빛났다. 까미유가 곁으로 다가왔다.

"저기서 축제를 벌이는 걸까……? 폭죽을 또 쏠지 몰라…… 기타 연주 소리가 들리지?"

그는 그녀의 말에 대답하지 않았다. 자기 내부에 번져나가는 전율에 온 정신이 쏠려 있었다. 손목과 손으로 개미떼가 기어가는 것 같았다. 뻐근한 허리가 수많은 주삿바늘에 시달리는 느낌이었다. 그런 상태는 어떤 지긋지긋한 피로감, 예전 중학생 시절에 운동시합—달리기, 조정경기—을 하면서 느꼈던 피로감을 떠올리게 했다. 그런 시합을 하고 나면 그는 늘 가슴에 응어리가 맺혔었다. 시합에서 이겼든 졌든 상관없이, 심장은 요동치고 팔다리는 진이 다 빠진 채 그는 승패를 경멸하곤 했었다. 그의 마음에 평화가 스치는 것은 사아가 무사하다고 안심하는 순간뿐이었다. 한참 전부터—혹은 바로 조금 전부터일 수도 있는데—부서진 발톱을 본 순간부터, 사아의 분노에 찬 공포심을 눈으로 본 다음부터, 그는 시간의 흐름을 정확히 가늠할 수 없었다.

"폭죽놀이가 아니야." 그가 말했다. "댄스파티 같은데……"

그의 곁 어둠속에 잠긴 까미유의 움직임으로 그는 그녀가 대답을 기다린 게 아니라는 사실을 알아차렸다. 사실 그녀는 용기를 냈고, 그래서 그에게 조금 더 가까이 갔다. 그도 그녀가 겁없이 다가오는 걸 느꼈다. 그녀의 옆모습이 눈에 들어왔다. 흰옷이 보이고, 맨살을 드러낸 한쪽 팔이 보였다. 얼굴 반쪽은 푸르스름한 밤에 흡수되어 푸르렀다. 두개의 반쪽 얼굴이 반듯한 작은 코를 경계로 나뉘고, 그 반쪽 얼굴들 각각에 깜빡임도 거의 없는 커다란 눈이 하나씩 달려 있었다.

"맞아, 댄스파티야." 그녀가 동의했다. "저건 만돌린 소리인걸, 기타가 아니고…… 들어봐…… 총각들이…… 세-에-레나……데를 부르고, 아르음-다운 아-가아-씨들이 그 소리에 귀 기울이지……"

가장 높은 음정에서 목소리가 갈라졌다. 그녀는 겸연쩍음을 무마하느라 짐짓 기침을 했다.

'그런데 이 여자의 목소리가 이렇게 작은 적이 있었던가……' 알랭은 놀랐다. '활짝 뜬 눈처럼 목소리도 어떤 경우든 있는 대로 열어젖히곤 했잖아? 지금은 어린 계집아이처럼 기어들어가는 목소리로 노래하고 있어, 게다가 쉰 목소리잖아……'

만돌린 소리가 멎었다. 사람들이 빚어내는 떠들썩한 환호성과 박수갈채 소리가 산들바람을 타고 희미하게 들려왔다. 잠시 후 폭죽 한발이 솟구쳐 연보라 섬광을 우산 모양으로 퍼뜨렸다. 퍼져나가는 그 빛줄기마다 현란한 불꽃 눈물방울이 매달려 있었다.

"오……!" 까미유가 감탄의 소리를 냈다.

그들의 윤곽이 어둠속에서 솟아올랐다. 두사람 모두 조각상처럼 굳어 있었다. 까미유는 자홍색 대리석 조각상, 알랭은 그보다 좀더 흰 대리석으로 보였다. 머리카락에는 초록빛이 어른거렸고 눈동자들의 색도 변했다. 밤하늘의 불꽃이 꺼지고, 까미유가 한숨을 내쉬었다.

"언제나 너무 짧아……" 그녀가 투정하듯 말했다.

멀리서 음악 소리가 다시 시작되었다. 그러나 악기 소리가 변덕스러운 바람에 왜곡되어 날카로운 울림으로 들려왔다. 게다가 반주의 금관악기 하나는 두 음정에서 튀어오르는 소리를 냈는데, 그 소리가 그들이 있는 곳까지 올라와 둔탁하게 울렸다.

"저런." 까미유가 아쉬워했다. "분명 멋진 재즈곡일 거야…… 「러브 인 더 나이트」를 연주하고 있어……"

그녀가 불분명한 목소리로 노랫가락을 흥얼거렸다. 울다가 말을 할 때처럼 불안정한 떨림이 섞여든, 높은 목소리였다. 처음 접하는 이런 목소리가 알랭의 머릿속을 한층 더 뒤숭숭하게 만들었다. 이 목소리가 그의 내부에 어떤 욕구를 촉발했다. 숨어 있는 것을 겉으로 끌어내고 싶다는 욕구, 까미유와 그 자신 사이에 차츰 높아지는 어떤 가림막—오래전부터 있어온 것일까? 아니면 조금 전 생긴 것일까?—을 찢어보고 싶다는 욕구 말이다. 둘 사이의 그 가림막은 아직까지는 이름이 없었지만 빠른 속도로 커지고 있었고, 그것 때문에 그는 사내아이가 하듯 까미유의 목에 팔을 두를 수 없었다. 그것 때문에 그는 그녀 옆에, 한낮의 열기가 여전히 남아 있는 벽에 등을 기댄 채 꼼짝도 하지 않고 온 신경을 모은 채 서 있었다…… 그는 조바심이 났다. 마침내 입을 열어 말했다.

"노래를 더 불러봐……"

능수버들 나뭇가지처럼 흐드러지게 쏟아져내리는 삼색 긴 빛줄기들이 공원 위 밤하늘을 휘영청 밝혔다. 그 불빛에 드러난 까미유의 모습이 알랭의 눈에 들어왔다. 그 얼굴은 놀란 표정이었고, 이미 경계심을 내비치고 있었다.

"무슨 노래를?"

"「러브 인 더 나이트」를 부르든가, 아니면 아무거나……"

그녀는 주저하더니 거절했다.

"나는 그냥 저 재즈 연주 소리를 듣고 있을래…… 여기서 듣는데도 감미롭구나……"

그는 더 요구하지 않았다. 그는 조바심을 억눌렀고, 온몸으로 퍼져나간 개미떼의 그 스멀거리는 느낌을 다독였다.

작은 태양들처럼 반짝이는 유쾌한 빛무리가 밤 위로 떠올라 경쾌하게 공전하다가 날아갔다. 그 모습을 알랭은 자신의 소중한 공상 속의 별들과 남몰래 비교해보았다.

'내 별들은 날아가지 못하게 매어두어야 해…… 어떡하든 내 별들을 집으로 가지고 가야겠어.' 그는 이 일을 진지하게 기억에 넣어두었다. 폴리생잠 저택 위 하늘에 이윽고 노랗고 붉은 색으로 둥실둥실 부유하는 일종의 오로라가 생겨나 점점 더 부풀어올랐다. 오로라는 폭발하더니 무수한 진홍색 메달, 고사리처럼 뻗어나가는 번갯불, 눈부신 금속 리본들을 만들어냈다……

빛으로 빚어진 그 기적에, 아래층 집들의 아이들이 테라스에서 환호성을 질렀다. 알랭은 까미유가 딴생각에 빠져 눈앞의 기적에 무심한 것을 보았다. 내부에서 폭발하는 다른 섬광들이 그녀를 붙잡고 있을 테니까……

폭죽이 잦아들고 다시 밤이 내리덮이자 알랭은 더이상 망설이지 않고 한쪽 팔을 그녀의 팔 아래 옆구리로 미끄러뜨리듯 끼워넣었다. 맨살의 두 팔이 서로 밀착했다. 그녀의 벗은 팔에 닿자, 그는 여름 볕에 그을린 색깔을 한 그 팔을 보지 않고도 눈앞에 선명히 그릴 수 있었다. 살갗 위로 가지런히 누운 보드라운 솜털이 그 팔을 뒤덮고 있었는데, 그 솜털은 팔꿈치 아래에서는 금빛이 도는 갈색이었고 어깨와 가까워질수록 색이 옅어졌다……

"당신 팔이 차갑네……" 그가 중얼거렸다. "아픈 것 아니야?"

그녀는 소리 죽여 울고 있었다. 그녀가 눈물을 미리 준비해두었던 거라는 의심이 곧바로 알랭의 머릿속에 스쳤다.

"아니…… 당신 때문이야…… 당신이 나를 사랑하지 않아서……"

그는 벽에 등을 기대고 그녀를 허리 쪽으로 끌어당겨 안았다. 그녀가 떨고 있는 것이 느껴졌다. 어깨로부터 짧은 양말 위 맨살을 드러낸 무릎에 이르기까지 그녀의 몸은 차가웠다. 그녀가 체중을 고스란히 실어 그에게 몸을 밀착시켜왔다.

"아하! 알겠어! 내가 당신을 사랑하지 않는다는 말이지. 아, 좋아. 이번에도 또 사아 때문에 생긴 질투인가?"

그는 자신에게 실린 그녀의 몸 전체가 어떤 근육질 파장을 일으키는 것을 감지했다. 그 몸은 다시 방어태세로 돌아가 힘을 모으고 있었다. 그가 말했다. 그녀에게 자신의 요구를 꺼내놓기에 때마침 적절한 기회라는 생각이었다.

"저 사랑스러운 짐승을 나와 함께 키울 생각이 없다면 그 대신…… 개 한마리, 고양이 한마리를 키우는 부부가 우리뿐이겠어? 당신은 앵무새를 키워볼래? 원숭이, 비둘기 한쌍, 개는 어때? 그래서 이번에는 내가 질투하게 말이야."

그녀는 어깨로는 도리질을 치면서, 입을 꾹 다문 채 싫다는 내색으로 투정하는 소리를 냈다. 기세가 오른 알랭은 기분을 드러낼까봐 목소리에 신경을 쓰면서 스스로를 격려했다. '자, 더 밀고 나가자…… 두세번 더 유치한 이야기를 늘어놓으며 살살 구슬리면, 뭔가에 도달할 수 있을 거야…… 이 여자는 단지 같아서 뒤집어엎으면 비울 수 있어. 계속해보자, 해보는 거야……'

"새끼 사자는 어때? 악어, 겨우 오십살 먹은 꼬마 악어는? 싫어……? 자, 차라리 사아를 받아들이는 게 더 나을 거야…… 수고스럽겠지만 당신이 그러려고 해본다면 아마도……"

까미유가 그의 품에서 몸을 뗐다. 그의 몸이 휘청할 정도로 아주 거친 움직임이었다.

"싫어!" 그녀가 소리쳤다. "그건 절대 안해! 알겠어? 절대로 하지 않을 거라고!"

그녀는 화가 나서 숨을 쌔근거렸다. 그러고는 한층 더 낮은 목소리로 되풀이 말했다.

"아! 싫어……! 결코 안해."

'바로 이거야.' 알랭은 신이 나서 속으로 중얼거렸다.

그는 까미유를 침실로 밀어넣고, 바깥 블라인드를 내리고 천장 등을 켠 다음, 창문을 닫았다. 위험을 감지한 동물처럼 까미유는 출입문 쪽으로 다가갔다. 알랭이 문을 다시 열었다.

"당신이 소리를 지르지 않는다면." 그가 말했다.

그는 방에 하나 있는 소파를 까미유 가까이로 밀어다놓고, 자신은 커버를 벗긴 큰 침대 발치에 놓인, 방에서 하나뿐인 의자에 가서 앉았다. 침대보를 새로 갈아놓은 것이 눈에 들어왔다. 어두워지면 바깥에서 들여다볼 수 없도록 쳐놓는 방수천 커튼이 까미유의 창백한 얼굴과 구겨진 흰옷을 푸르스름하게 물들였다.

"그래서?" 알랭이 말을 시작했다. "다시 생각해볼 마음도 없어? 끔찍해? 누가? 사아가, 아니면 당신이?"

그녀는 대답 대신 짧게 고개를 내저었다. 알랭은 이제 그만 농담조를 접어야 한다는 걸 알아차렸다.

"내가 무슨 말을 하기를 바라지?" 그가 잠시 침묵한 뒤에 말했다. "내가 하고 싶지 않은 말, 오직 그것이지? 당신은 내가 저 고양이를 포기하지 않을 거라는 사실을 잘 알아. 고양이를 포기한다면 나는 부끄러울 거야. 나 자신에게 부끄럽고, 고양이에게 부끄럽고……"

"알아." 까미유가 말했다.

"……그리고 당신한테 부끄럽고." 알랭이 마저 말했다.

"오! 나한테라니……" 까미유가 손을 들썩 추켜올리며 대꾸했다.

"당신은 또 한가지 사실도 생각해야 해." 알랭의 말투는 싸늘했다. "어쨌거나 당신은 내가 미운 거잖아? 당신이 사아를 미워할 이유라고는, 그 아이가 나를 좋아한다는 점 말고는 없잖아?"

그녀는 대답 대신 불만과 망설임이 담긴 시선을 던졌다. 그는 진척 없이 계속 질문만 하고 있는 상황에 짜증이 났다. 잠시 화를 내면서 폭력적인 장면을 연출하면 해결이 될 거라는 계산이 선 그는 어려울 것 없는 이 작업에 착수했다. 그러나 첫번째 비명을 지른 뒤 까미유는 몸을 웅크리고 아무 대응도 하지 않았다. 화를 계속 폭발시킬 구실이 없자 그는 일단 눌러참기로 했다.

"말해봐, 꼬맹이…… 뭐가 문제야? 내가 당신을 꼬맹이라고 부르면 안돼? 말해보라고, 사아 말고 다른 고양이였다면 당신이 좀더 너그러웠을까?"

"물론이지." 그녀가 재빨리 대답했다. "어떤 고양이라도 자기가 저놈을 사랑하는 만큼은 사랑하지 않았을 테니까."

"맞는 말이야." 알랭은 계산된 솔직함을 보였다.

"그 어떤 여자도," 까미유는 흥분하며 말을 이어갔다. "자기는 그 어떤 여자도 저 암고양이만큼은 사랑하지 못할 거야."

"맞는 말이야." 알랭이 대답했다.

"자기는 보통 사람들이 애완동물을 사랑하는 경우와는 달라…… 빠트리끄 오빠도 동물을 사랑해…… 덩치가 커다란 개들

목을 끌어안고 함께 뒹굴고, 고양이가 하는 행동을 따라하면서 녀석들을 약 올리기도 하고, 새들을 보면 휘파람을 불고……"

"그래, 하여간 어려운 일은 아니군." 알랭이 말했다.

"자기는 그런 것과는 달라, 자기는 사아를 사랑해……"

"그걸 당신한테 숨긴 적은 결코 없어. 마찬가지로 사아는 당신의 연적이 아니라고 한 것도 빈말이 아니야……"

그는 말을 끊고 눈을 내리깔아서 순수함이라는 자신의 비밀을 감추었다.

"연적이고말고." 까미유는 빈정거리듯 말했다.

그녀의 얼굴이 별안간 붉어졌다. 갑자기 취하기라도 한 듯 얼굴이 발갛게 달아올랐다. 그렇게 그녀는 알랭을 향해 다가왔다.

"내가 당신들 둘을 봤어!" 그녀의 목소리가 올라갔다. "아침마다, 당신이 저쪽 작은 벤치에서 밤을 보낼 때…… 해뜨기 전, 당신네 모습을 봤어, 단둘이……"

그녀는 떨리는 팔을 뻗어 테라스를 가리켰다.

"둘이 함께 앉아서…… 당신네들은 내가 말을 해도 듣지도 못했지! 그렇게 서로 뺨을 맞대고 앉아서……"

그녀는 창문까지 가서는 흥분을 가라앉히고 다시 알랭에게 다가왔다.

"이제 당신이 솔직히 말해봐, 내가 저 고양이를 미워하는 게 잘못인지, 상처받는 게 잘못인지."

그는 한참이나 입을 꾹 다물고 침묵을 지켰다. 결국 그녀는 다시 분통을 터뜨렸다.

"대답하라니까! 뭐든 말해보라고! 지금 같은 상황에서…… 자기가 기다리는 게 뭐지?"

"당신의 다음 말을 기다리고 있어." 알랭이 대답했다. "아직 말하지 않은 것 말이야."

그는 의자에서 천천히 일어나 아내 위로 몸을 숙였다. 그러고는 발코니 문을 가리키며 낮은 목소리로 물었다.

"당신이지, 그렇지? 당신이 사아를 아래로 던졌지……?"

그녀는 재빠른 동작으로 몸을 빼서 침대를 사이에 두고 그와 마주 섰다. 그러면서도 아니라는 말은 하지 않았다. 그는 달아나는 그녀를 보며 입가에 일종의 미소를 머금었다.

"당신이 그 아이를 던졌구나." 그가 꿈을 꾸듯 몽롱하게 말했다. "내 예감이 맞았어. 당신이 우리 사이를 완전히 바꾸어놓았다는 예감 말이야. 당신이 사아를 던졌어…… 그 아이는 벽에 매달리려다 발톱이 다 부서졌지……"

그는 고개를 숙이고 머릿속으로 그 순간을 상상해보았다.

"그런데 어떻게 그 아이를 던진 거지? 목덜미를 움켜잡아 집어던진 거야……? 난간에서 잠을 자고 있을 때는 노렸나……? 그런 짓을 오래전부터 계획해온 거야? 그러기 전에 둘이서 싸우지 않았어?"

그는 고개를 들어 까미유의 두 손과 팔을 바라보았다.

"싸운 흔적은 없군. 그 아이가 당신의 죄를 일러바쳤지, 그렇지,

당신더러 그 아이를 만져보라고 했을 때 말이야…… 그 아이는 정말 멋졌어……."

그는 까미유에게서 시선을 떼어 밤을 더듬었다. 그의 눈길이 희끄무레한 별들을 어루만지다가, 새어나간 침실 불빛이 비추어 모습을 드러낸 세그루 포플러 나무 꼭대기를 껴안았다……

"그럼," 그가 짧게 말했다. "나는 떠나겠어."

"오! 잠깐만…… 내 말을 들어봐……." 까미유는 넋 나간 사람처럼 아주 나지막한 소리로 애원했다.

하지만 그녀는 그가 침실을 나서는 것을 그냥 보고만 있었다. 그는 붙박이장을 열어 짐을 챙기고 욕실의 암고양이에게 말을 건넸다. 그의 발걸음 소리로 까미유는 그가 방금 외출용 구두로 갈아신었다는 것을 알았다. 그녀는 무의식적으로 시계를 쳐다보았다. 그가 퉁퉁한 버들바구니에 사아를 담아들고 다시 들어왔다. 뷔끄 아주머니가 장 보러 갈 때 들고 다니는 바구니였다. 서둘러 옷을 챙겨입고 머리카락은 대충 쓸어넘기고 목에 머플러를 감은 그의 모습은 방탕한 연인의 분위기를 풍겼다. 까미유의 눈에 눈물이 차올랐다. 하지만 사아가 바구니 속에서 바스락거리는 소리가 들려왔다. 까미유는 입술을 깨물었다.

"자, 나는 가겠어." 알랭이 한번 더 말했다.

그는 눈을 내리깔고 바구니를 조금 더 위로 추어올리면서 고쳐 말했다. 계산된 잔인함이었다.

"우리는 갈게."

그가 버들바구니 뚜껑을 닫으면서 설명하듯 말을 덧붙였다.

"부엌에 이 바구니밖에 없었거든."

"자기네 집으로 가는 거야?" 까미유가 물었다. 알랭처럼 침착한 태도를 보이려고 애를 쓰는 눈치였다.

"물론이지."

"자기는…… 우리는 금방 다시 볼 수 있는 거지?"

"물론."

예상과 다른 대답에 놀라 그녀는 또 한번 의지가 흔들렸다. 하마 터면 그를 붙잡고 애원할 뻔했다. 울음을 터뜨릴 뻔했다. 그러려는 자신을 그녀는 애써 억눌렀다.

"그런데 당신은," 알랭이 말했다. "오늘밤 여기 혼자 남아 있을 생각이야? 무섭지 않겠어? 만약 당신이 그러자고 한다면 내가 여기 그냥 있을 수도 있겠지, 그렇지만……"

그는 고개를 돌려 테라스 쪽을 바라보았다.

"……그렇지만 정말이지 그러고 싶은 마음이 없어…… 당신네 집에 가서 지내는 건 어때?"

비록 말뿐이지만 그가 자신을 친정으로 보내려 한다는 사실에 마음이 상해서 까미유는 맞받아쳤다.

"이런 일을 부모님에게 말하고 싶지는 않아. 이건 내가 해결해야 할 문제라고 생각해…… 가족의 조언 따위는 질색이야."

"전적으로 맞는 말이야—일단은 그래."

"게다가 다음에 결정해도 되는 일이잖아, 내일……"

그는 미래를 이 위협으로부터 보호하기 위해 비어 있는 손을 쳐들었다.

"아니, 내일은 없어. 오늘부로 내일은 사라졌어."

그는 침실 문을 나서다가 몸을 돌렸다.

"욕실에 내 열쇠를 놓아두었어. 그리고 이 집에서 함께 쓰는 생활비도……"

그녀가 비아냥거리듯 그의 말을 잘랐다.

"통조림 한상자도 놓아두어야지, 또 나침반은 왜 빠뜨렸어?"

그녀는 그를 향해 대담하게 조롱의 시선을 던졌다. 한 손을 허리에 올리고 고개를 비딱하게 치켜들어 아름다운 목선을 드러냈다. '나가라고 내 등을 떠미는군.' 알랭은 생각했다. 그는 조금 전과 비슷한 방식으로 관능적 매력을 과시해서 그녀에게 반격하고 싶었다. 그는 머리카락을 이마 위로 흘러내리게 하고, 속눈썹을 깜박이며 탁하고 몽롱한 눈빛을 만들어 거만하게 쏘아보냈다. 하지만 이어져야 할 몸짓은 손에 든 장바구니와 어울리지 않는 탓에 포기하고 까미유에게 어정쩡한 작별인사를 던지는 것에 만족했다.

까미유는 여전히 태연한 표정이었고 연극적인 거만함을 고수하고 있었다. 현관문을 나서기 전, 좀더 멀리 떼어놓고 바라보자 그녀의 눈 밑에 내려앉은 거무스름한 그늘, 관자놀이와 매끈한 목에 맺힌 땀이 더 잘 보였다.

그는 아래로 내려와서 기계적으로 길을 건넜다. 손에 차고 열쇠가 들려 있었다. '차를 가져갈 수는 없어'라고 생각했다. 그는 대로를 향해 꽤 먼 거리를 거슬러올라갔다. 대로에는 좀도둑 같은 택시들이 밤을 굴리며 쏜살같이 내빼고 있었다. 사아가 두세번 울음소리를 냈고, 그는 어르는 소리로 고양이를 달래주었다. '차를 가져갈 수는 없어. 하지만 자동차를 타면 정말이지 훨씬 편할 거야. 뇌이는 밤만 되면 대책이 없는 동네거든.' 그는 별문제 없이 이혼할 수 있을 거라 확신했다. 그러면서도 자신이 혼자가 되고 나자 오히려 당황하고 있다는 사실에 놀라고 있었다. 좀더 걸어보았지만 마음이 편해지지는 않았다. 마침내 그는 빈 택시 한대를 만났다. 겨우 오분 걸었을 뿐인데 시간이 꽤 한참 지난 것 같았다.

가스 가로등 불빛을 받으며 그는 철제 대문이 열리기를 기다렸다. 열기가 채 식지 않은 밤이었지만 몸이 오들오들 떨렸다. 정원의 향기를 알아차린 사아가 보도에 내려놓은 바구니 속에서 짤막한 울음소리를 내곤 했다. 한차례 만개한 뒤 남겨놓았던 꽃을 마저 피운 등나무 향기가 대기를 가로질러 전해져왔다. 알랭의 오한이 심해졌다. 그는 살을 에는 추위라도 만난 듯 다리를 오므려 꼬았다. 초인종을 한번 더 울렸다. 조금 전 묵직한 초인종 소리가 정적을 뻔뻔하게 흔들었는데도 집 안에서는 아무 기척이 없었던 것이다. 이윽고 차고 건물에서 빛 한점이 나타났다. 에밀 영감이 산책로 자갈 위로 발을 끌며 다가오는 소리가 들렸다.

"나예요, 에밀." 나이 든 하인이 무채색 얼굴을 철문 창살에 갖다대자 그가 말했다.

"알랭 씨라고요?" 에밀의 떨리는 목소리가 높아지며 물었다. "알랭 씨의 새아씨가 몸이 불편하신 게 아닌가요? 올여름 날씨가 이렇게 진을 빼놓으니…… 알랭 씨가 가방을 들고 오셨네요, 그렇죠?"

"아니, 사아를 데려온 거예요. 그냥 둬요, 내가 들고 들어갈 테니. 아, 등은 켜지 마요. 불빛이 어머니를 깨울지 모르니까…… 그냥 문만 열어주고 다시 들어가서 주무세요."

"부인께서는 잠을 깨셨어요. 종을 울려 저를 깨운 분이 부인이신 걸요. 제가 대문 초인종 소리를 들은 게 아니에요. 첫잠이 설핏 들었는데, 글쎄……"

알랭은 자신의 뒤를 따라오는 이 수다, 이 힘겨운 걸음 소리에서 벗어나고 싶어 조급증이 났다. 달 없는 캄캄한 밤이었지만 그는 발부리 한번 부딪치지 않고 정원 산책길 모퉁이를 돌았다. 넓은 잔디밭이 화초가 빼곡한 화단들보다 한층 희끄무레한 색을 띤 덕분에 발을 디뎌야 할 자리를 가늠할 수 있었다. 잔디밭 한가운데 덩굴줄기를 몸에 휘감고 서 있는 고사목이 몸집이 큰 남자가 팔에 망또를 걸치고 서 있는 형상으로 보였다. 물을 뿌려준 제라늄의 향기에 알랭은 발걸음을 멈췄다. 목이 메어왔다. 그는 암고양이가 바구니에서 나올 수 있도록 몸을 굽혀 뚜껑을 더듬어 열었다.

"사아, 우리 정원에 왔어……"

암고양이가 바구니 밖으로 빠져나오는 것이 느껴졌다. 그는 다정하게 고양이를 품에서 풀어놓았다. 밤을 암고양이에게 돌려주었다. 자유, 폭신하고 보드라운 대지, 밤잠 없는 벌레들과 잠든 새들을 암고양이에게 바쳤다.

일층 덧창 뒤에서 램프 불빛 하나가 기다리고 있었다. 알랭의 표정이 어두워졌다. '말하고, 또 말하고 계속 말을 해야 하는구나. 엄마에게 설명해야지…… 뭘 설명해야 하는 거지? 간단해…… 간단한 이야기는 아니야……'

그는 그저 조용히 있고 싶었다. 바라는 건 흔한 색깔 꽃무늬 벽지를 바른 자신의 방, 자신의 침대뿐이었다. 무엇보다 눈물을 펑펑 쏟고만 싶었다. 목 놓아 울고 싶었다. 그래야 뭔가 메워질 것 같았다. 죄를 짓는 것 같겠지만, 그런 모습을 누구에게도 보이고 싶지는 않지만……

"들어오렴, 애야, 들어와……"

그는 어머니의 침실에 들어가는 적이 거의 없었다. 자기중심적인 감정이긴 하지만 어릴 적부터 그는 스포이트 달린 약병들이 싫었고, 강심제 상자들과 유사요법용 약통들이 싫었다. 그런 반감은 지금도 여전했다. 그러나 그는 떼를 부리지 않고 순순히 방으로 들어가 좁은 침대를 마주 보고 섰다. 두리번거리지 않아도, 숱 많은 백발머리 여인은 어김없이 거기 있었다. 그녀가 침대에서 상체를 일으켜 앉았다.

"아시겠지만, 엄마, 별일 없어요……"

그는 이 멍청한 말을 하면서 미소를 지었다가 스스로 부끄러워졌다. 뺨은 뻣뻣이 굳은 채 입만 양옆으로 길게 잡아늘이는 미소였던 것이다. 별안간 걷잡을 수 없을 만큼 피곤이 몰려오는 바람에 아무렇지 않은 척하려던 것이 수포로 돌아가고 말았다. 할 수 없다고 생각한 그는 어머니의 머리맡에 앉아 목에 두른 머플러를 풀었다.

"걱정을 끼쳐드려서 죄송해요. 이렇게 느닷없이 와서…… 모두 잠이 들었을 시간인데 말이에요……"

"느닷없지는 않았어." 앙빠라 부인이 말했다.

그녀는 뿌옇게 먼지가 앉은 알랭의 신발에 눈길을 던졌다.

"신발이 거지꼴이구나……"

"집에서 곧바로 오는 길이에요, 엄마. 하기는 택시를 잡느라 조금 오래 걸어야만 했죠. 고양이를 데려왔어요……"

"아하!" 앙빠라 부인은 이미 알고 있다는 시늉을 했다. "그 암고양이를 다시 데려온 거지?"

"오! 물론이죠…… 들으면 깜짝 놀랄 일이……"

그는 말을 멈췄다. 묘한 조심성에 열었던 입을 다물었다. '이런 이야기는 하는 게 아니야. 부모에게 할 이야기는 아니라고.'

"까미유가 사아를 별로 좋아하지 않아요, 엄마."

"안다." 앙빠라 부인이 대답했다.

여인은 애써 웃어 보이려 했고, 곱슬곱슬한 머리카락을 끄덕여 보였다.

"그것참, 문제구나!"

"네, 까미유한테 안된 일이죠." 알랭이 심술궂은 투로 말했다.

그는 몸을 일으켜 가구들 사이를 이리저리 서성거렸다. 방 안의 탁자며 의자들마다 시골집들처럼 여름용 흰색 커버가 씌워져 있었다. 까미유가 한 짓을 일러바치지는 않기로 마음먹고 나자, 그는 더 할 말이 없었다.

"그런데, 엄마, 우리는 고함을 지르지도 않았고, 접시도 깨지 않았어요…… 유리화장대도 무사하고요, 아래층 이웃이 찾아와 문을 두드릴 일도 만들지 않았어요. 다만 내가 잠시…… 혼자 지내고 싶어서, 조금 쉬고 싶어서…… 솔직히 털어놓자면, 더는 못하겠어요." 그는 침대에 걸터앉으면서 말했다.

"그래, 솔직하구나." 앙빠라 부인이 말했다.

여인은 한 손을 알랭의 이마에 올려 빛이 비치는 쪽으로 돌렸다. 이 젊은 남자 얼굴에 돋아난 파리한 수염이 빛에 드러났다. 그는 투덜대며 변덕스러운 눈을 다른 데로 돌렸다. 덕분에 자신이 다짐한 대로 눈물 바람을 좀더 나중으로 미룰 수 있었다.

"전에 쓰던 침대에 이불이 없으면 아무것이나 덮고 잘게요……"

"네 침대에 이불을 가져다놓았다." 앙빠라 부인이 말했다.

이 말에 그는 어머니를 부둥켜안고 눈이며 뺨, 머리카락에 마구잡이로 키스를 퍼부었다. 그러고는 그녀의 목에 코를 박고 "안녕히 주무세요"라고 웅얼거리고는 코를 훌쩍거리며 방을 나섰다.

현관으로 나오자 흥분이 가라앉았다. 곧바로 이층으로 올라가지는 않았다. 얼마 지나지 않아 끝나버릴 그 밤과 사아가 그를 부르고 있었던 것이다. 하지만 그는 멀리 가지 않았다. 현관 앞 낮은 층계면 충분했다. 어둠속에서 그는 계단 하나에 걸터앉았다. 손을 뻗

자 사아의 털, 예민한 더듬이인 수염, 그리고 싱그러운 콧구멍이 손
바닥에 잡혔다.

암고양이가 제자리에서 맴을 돌았다. 고양이가 어리광 부릴 때
하는 동작이었다. 그는 사아가 새끼고양이처럼 아주 조그맣고 가
볍게 느껴졌다. 자신이 배가 고프다는 걸 의식하자 암고양이에게
뭐든 먹여야겠다는 생각이 들었다.

"내일 밥을 먹자…… 조금만 있으면 돼…… 이제 곧 동이 틀 거
니까……"

벌써부터 암고양이는 박하, 제라늄, 회양목 향기를 풍기고 있었
다. 그는 암고양이가 자신감을 지니고 있다고 생각했다. 하지만 생
명 또한 유한했다. 아마도 십년 더 살 수 있을 터였다. 이처럼 큰 사
랑이 짧게 끝난다는 생각을 하자 그는 가슴이 아팠다.

"네가 죽으면 나는 누구든…… 나를 원하는 여자를, 여자들을
사랑할 테지…… 하지만 다른 고양이를 사랑하는 일은 결코 없을
거야."

티티새 한마리가 쪼로로롱 울었다. 그 네 음표 울음소리가 온 정
원에 메아리치다가 뚝 그쳤다. 그러나 참새들이 그 소리를 듣고 응
답했다. 잔디밭 위로 무리 지어 핀 꽃들 위로 환영 같은 색채들이
탄생하고 있었다. 알랭은 아직은 어둠 색깔인 흰색을 분간했다. 검
정보다 더 우울하게 가라앉은 빨강과 초록색 한가운데 갇힌 노랑
을 분간했다. 둥그런 노란 꽃 한송이가 곧 더욱 노래져서 둘레를 맴
돌고, 이어서 노란 두 눈, 노란 달들…… 알랭은 졸음에 겨워 비틀

거리며 방으로 가서 옷을 벗어던지고 침대 덮개를 걷었다. 그러고
는 새로 깔아놓은 시트의 상쾌한 촉감에 자신을 완전히 내맡겼다.

등을 대고 누워 한쪽 팔을 펴자, 암고양이가 소리없이 그의 어깨
에 꼭 맞춰 동그랗게 몸을 말았다. 이렇게 그는 마치 낭떠러지에서
떨어져내리듯이 곧바로 깊은 잠 속으로 까물까물 굴러떨어지다가
소스라쳐 잠에서 깼다. 해가 밝아오고 있었다. 잠에서 깨어난 나무
들이 몸을 흔들고, 멀리 도시 전차의 축복받은 소음이 들려왔다.

'내가 어떻게 된 거지? 나는…… 아! 맞아, 울고 싶었지……' 그
는 미소를 짓고 또다시 잠이 들었다.

잠 속에서 그는 열이 올랐다. 쉼없이 꿈을 꾸었다. 두세번 그는
설핏 잠에서 깨어났다고 생각했고, 자신이 누워 있는 곳이 어딘지
새삼 깨닫곤 했다. 하지만 그때마다 매번 방의 벽들은 그가 잘못
생각하고 있다고 말했다. 방은 공격적이었고 파닥파닥 날아다니는
눈 하나를 감시하고 있었다. '하지만 나는 자고 있어, 이거 봐, 자는
중이라고……'

자갈이 누군가의 발에 뽀드득 밟히는 소리에 그는 또다시 대답
했다. '나는 자는 중이야……' 질질 끌며 걸어와 문을 두드리는 두
다리를 향해 그가 소리 질렀다. '나는 자고 있다고 말하고 있잖아!'
두 다리가 멀어져갔다. 그는 잠에 취한 그대로 꿈속에서 쾌재를 불
렀다. 그러나 그 꿈은 반복해서 부르는 소리 아래 익어갔고, 마침내
무르익은 열매가 벌어지듯 알랭은 눈을 떴다.

그가 오월에 창가에 내버려두고 갔던 태양이 팔월의 태양이 되

어 있었다. 팔월의 태양은 집과 마주 보고 서 있는 백합나무의 반들반들한 둥치를 넘어오지 못했다. '이제 여름이 늙었군.' 알랭은 속으로 중얼거렸다. 그는 몸을 일으켜 침대에서 내려섰다. 벗은 채로, 입을 옷을 찾아 뒤적거렸다. 파자마를 찾았지만 길이가 너무 짧았고 소매통은 팔에 꽉 끼었다. 목욕가운은 빛이 바랬다. 그는 그런 옷을 몸에 걸치며 즐거워했다. 창문이 그에게 손짓하고 있었다. 발을 옮겨놓던 그는 까미유의 사진에 부딪쳤다. 머리맡에 놓아두고 잊었던 사진이었다. 그 작은 초상 사진을 유심히 들여다보았다. 그는 그 사진이 실제 얼굴과 다른 모습으로 찍혔다고 생각했었다. 사진 속의 그녀는 반들반들 윤이 났고 어느 부분은 실제보다 더 희고 어느 부분은 실제보다 더 검었다. '내가 생각했던 것보다 더 닮았어.' 그는 속으로 중얼거렸다. '그걸 어째서 알아차리지 못했을까? 넉달 전만 해도 나는 '오! 그녀는 이 얼굴과는 아주 달라, 이보다는 섬세한 얼굴이야. 이 사진은 더 드세고 못돼 보여……'라고 생각했는데, 하지만 내 착각이었어.'

길고 매끈한 산들바람이 개울의 속삭임을 싣고 나무들을 가로질러 달려오고 있었다. 눈이 부셨고 빈속에는 무시무시한 허기가 밀려왔지만, 알랭은 그 순간의 느낌에 빠져들었다. '이렇게 기분 좋을 수가, 이제 회복기인 셈이야……' 환상을 완성시키려는 듯 문을 두드리는 소리가 나더니 가정부가 쟁반을 들고 들어왔다. 수염이 돋은, 바스끄 지방 출신 여자였다.

"식사는 정원에 나가서 하고 싶었는데요, 쥘리에뜨!"

가정부는 회색 수염에 둘러싸인 입술로 미소 비슷한 것을 지어 보였다.

"그러실 거라 생각했죠…… 알랭 씨, 이 쟁반을 아래로 가져다드 릴까요?"

"아뇨, 됐어요, 배가 몹시 고프니 여기 놓아줘요. 사아도 창문을 통해 이리로 올 거예요……"

어딘가 숨어 보이지 않던 암고양이가 그가 부르는 소리에 모습을 드러냈다. 마치 그의 목소리를 듣고 태어난 것 같았다. 암고양이는 몸을 날려 덩굴식물이 닦아놓은 수직 통행로에 올라섰지만 바닥으로 미끄러져 떨어지고 말았다──발톱이 부서져 있다는 사실을 잊었던 것이다.

"기다려, 내가 도와줄게!"

그는 고양이를 품에 안아 데려왔다. 그들은 배를 채웠다. 고양이는 우유와 비스킷, 그는 토스트와 뜨거운 커피를 먹고 마셨다. 쟁반 한쪽 귀퉁이 꿀단지 손잡이에 작은 장미꽃 한송이가 꽂혀 있었다.

'이건 엄마가 가꾸는 장미꽃이 아닌걸.' 알랭은 장미꽃을 살펴보며 생각했다. 그것은 제대로 자라지 못한, 꺾지 않고 그냥 두었어도 자연히 말라버렸을 작은 꽃이었다. 낮은 가지에서 몰래 꺾은 장미였지만 노란 장미 특유의 짙은 향기를 퍼뜨리고 있었다. '저 바스끄 여자는 이 꽃으로 내게 자기 마음을 표시한 거야……'

사아는 환하게 빛이 났다. 어젯밤 이후로 부쩍 살이 오른 것처럼 보였다. 가슴을 쭉 펴고, 네줄 물결무늬를 두 귀 사이에 선명하게 드러낸 채 암고양이는 행복한 전제군주의 눈으로 정원을 골똘히 내다보곤 했다.

"원래 이게 자연스러운 거지, 그렇지, 사아. 적어도 너에게는 말이야……"

이번에는 에밀 영감이 들어왔다. 알랭의 구두를 잠시 자기한테 내어달라는 것이었다.

"한쪽 구두끈이 낡았던걸요…… 알랭 씨가 갖고 계신 남은 구두끈이 있나요? 상관없어요, 제게 있는 끈을 쓰면 되니까요." 하인은 감개무량하여 떨리는 목소리로 말했다.

'그야말로 열렬한 환대로군.' 알랭은 속으로 중얼거렸다. 이 말과는 대조적으로 어제까지만 해도 일상이었던 일들이 하나하나 문제였다. 옷을 차려입고, 시간 맞춰 앙빠라 상회에 나갔다가, 시간 맞춰 돌아와 까미유와 함께 저녁식사를 했던 그 일상의 일들……

"갈아입을 옷이 아무것도 없잖아!" 그는 난감해서 외쳤다.

조금 녹슨 면도기, 달걀 모양 분홍 비누, 예전에 쓰던 칫솔, 그는 욕실에 놓여 있는 이 물건들을 알아보았고, 그 하나하나를 사용하면서 어떤 기쁨에, 난파자의 환희에 취해 실없이 웃음이 솟구쳤다. 하지만 그는 입고 온 옷을 바스끄 가정부가 가져가버린 탓에 짧아서 깡총한 파자마 차림으로 아래층으로 내려가야 했다.

"가자, 사아, 사아……"

암고양이가 앞장서 갔다. 그는 라피아 쌘들의 올이 풀려 발이 자꾸 빠져나오는 바람에 뒤뚱거리는 걸음걸이로 달려갔다. 한결 누그러진 태양이 펼쳐든 옷자락에 그는 어깨를 내밀었다. 그러고는 눈꺼풀을 반쯤 감았다. 그의 눈꺼풀이 잔디밭의 초록 반사광, 탐스러운 볏을 이고 촘촘히 모여 있는 맨드라미, 헬리오트로프에 둘러싸인 붉은 쌜비어 꽃송이들이 쏘아올리는 뜨거운 색채를 그새 낯설어하고 있었다.

"오! 그대로 있네, 쌜비어가 그대로 있어!"

심장 모양의 이 작은 꽃송이에서 알랭은 붉다는 것 외에는 알지 못했었다. 늘 헬리오트로프에 둘러싸여 있었고, 수령이 오래된 벚나무가 막아서서 가까이 다가갈 수 없었기 때문이었다. 벚나무는 앙상했지만 구월이 되면 얼마간의 버찌를 주기도 했다.

"버찌가 여섯…… 일곱개 보인다…… 버찌 일곱개, 아직은 파랑구나!"

그가 암고양이에게 말하면, 고양이는 텅 빈 황금빛 눈으로, 헬리오트로프의 흐드러진 향기에 어질어질해져서 입을 살짝 벌리고, 야수들이 진한 향에 취했을 때 그러듯이 구역질을 하곤 했다.

암고양이는 허브를 입에 넣고 오물거려 어지럼증을 가라앉히고, 이런저런 소리들에 귀 기울이다가, 둥그렇게 다듬어놓은 쥐똥나무들의 뻣뻣한 잔가지에 주둥이를 문질렀다. 그렇지만 그 도취감을 흥청망청 드러내는 일은 결코 없었다. 무턱대고 명랑하게 굴지도 않았다. 고양이는 온 사방에서 자신을 향해 쏟아지는 은색 빛 조각을 흠뻑 뒤집어쓰고 고상하게 거닐었다.

'저 아이를 내던지다니, 십층에서 말이야.' 알랭은 암고양이를 바라보며 생각했다. '붙잡아서 던진 걸까—아니면 밀어버린 걸까…… 저 아이는 분명 자신을 방어하려고 했을 텐데—분명 달아나려고 했을 거야, 그러다가 다시 붙잡혀 그 꼴을 당한 거야. 그 높은 데서 집어던지다니…… 죽일 작정이었겠지……'

그는 이런 식의 추측을 이어가면서 자기 속에 마땅히 그래야 할 분노를 불러일으키려고 했지만, 생각과는 달리 그런 감정이 솟구치지는 않았다. '내가 까미유를 정말로, 마음 깊이 사랑하고 있다면, 지금 엄청나게 화가 날 텐데……' 그의 왕국이 그를 에워싸고 빛났다. 그것은 모든 왕국이 그렇듯이 위기에 처해 있었다. '엄마가 단언하기를 스무살도 안돼서 집이며 정원을 이렇게 간수할 수 있는 사람은 아무도 없을 거라는데. 그럴 거야. 그들을 잃어버려도 상관없어. 이곳에 그들이 발을 들여놓게 하지는 않겠어……'

집 안에서 울리는 전화벨 소리가 그의 기분을 흔들어놓았다. '이런! 겁을 내는 거야? 까미유는 내게 전화를 걸 만큼 바보는 아니야. 아무리 그래도 인정할 건 인정하자고, 젊은 여자치고 전화 거는 일에 그렇게 조심성 많은 여자는 본 적이 없어……'

하지만 그는 그럭저럭 달려가지 않을 수 없었다. 쌘들이 둥근 조약돌에 미끄러져 벗겨지면서 몸이 기우뚱했다. 그는 집 안을 향해 소리쳤다.

"엄마! 전화한 사람이 누구예요?"

현관 앞 층계에 두꺼운 흰색 실내복이 나타났다. 알랭은 자신이 소리까지 내어 물었다는 사실에 수치심을 느꼈다.

"그 풍성한 흰 가운이 참 좋아요, 엄마, 언제 봐도 같은 모습이야, 언제나 똑같아……"

"내 가운을 좋아해주니 고맙구나." 앙빠라 부인이 말했다.

부인은 알랭이 대답을 기다리고 있다는 걸 알면서도 시간을 끌었다.

"뢰예 씨가 전화했어. 9시 반이다. 늘 이 시각에 전화가 온다는 걸 모르니?"

부인은 손가락을 빗처럼 세워 아들의 머리카락을 쓸어넘기고, 허리께가 깡총하게 올라간 파자마의 단추를 채웠다.

"예쁘구나! 평생 이렇게 거지꼴로 살 생각은 아니겠지?"

알랭은 어머니가 이렇게 능청스럽게 묻는 속뜻을 알아차렸다.

"걱정 마세요, 엄마. 곧 제대로 챙겨서 입을게요……"

앙빠라 부인은 푸근하면서도 애매하게 아들을 쓰다듬던 손길을 슬며시 멈추었다.

"오늘밤에는 어디에서 잘 거니?"

"여기서요!" 그가 소리치듯이 대답했다. 눈물이 두 눈에 가득 차올랐다.

"우쭈쭈! 어린애처럼……!" 앙빠라 부인이 중얼거렸다. 그 말에 장단을 맞춰 그는 보이스카우트처럼 엄숙하게 대답했다.

"그럴 거예요, 엄마. 나도 내가 무엇을 해야 하는지 정말 알고 싶어요. 그래서 어른이 되고 싶다고요……"

"무슨 수로? 이혼이라는 방법으로? 그쪽 출구로 나가려면 요란한 소리가 나는 법이다.”

“그렇지만 탁 트인 데로 나갈 수 있잖아요.” 그는 과감하게 대답했다.

“떨어져 지내는 것도…… 일시적으로 말이다, 잠시 휴가든 여행이든 떠나는 것도…… 괜찮지 않겠니?”

그는 당치도 않다는 듯 두 팔을 들썩 추켜올렸다.

“하지만, 엄마, 모르시는 말씀이에요…… 상상도 못할 일이 있어요……”

그는 다 털어놓고 말할 참이었다. 암고양이를 죽이려 했다는 이야기를……

“그렇다면 상상도 못하고 있게 해줘! 그런 이야기는 나와 상관없잖니, 밑천을 조금은 남겨놔야지, 자……” 앙빠라 부인은 서둘러 말을 보탰다. 알랭은 신중한 척 자신의 편견을 이용했다.

“그런데, 엄마, 골치 아픈 문제가 더 있어요—저쪽 집안 입장에서는 이 문제를 어떻게 보겠느냐 하는 것인데요, 그게 장사하는 사람의 관점과 별로 다르지 않거든요…… 말메르 집안이 볼 때는, 까미유의 책임이 얼마건 간에 이혼은 말도 안되는 이야기일걸요…… 석달 반짜리 신부라니…… 무슨 말인가 하면……”

“장사하는 사람의 관점이라니 그게 대체 무슨 말이냐? 우리 상점은 너희들, 너와 그 말메르 집안 딸의 공동재산이 아니야. 부부는 부부일 뿐 상점 경영은 별개의 일이지.”

“알아요, 엄마! 하지만 어쨌거나, 만약 일이 내 예상대로 돌아가

게 된다면 얼마간 지겨운 시기를 견뎌야 할 거예요. 이혼수속을 해야 하고, 법원에 얼굴을 내밀어야 하고, 또…… 이혼이라는 것이 듣자 하니 절대 쉬운 일이 아니에요."

부인은 아들의 말을 조용히 들었다. 어떤 원인들은 정말이지 예상치 못한 결과를 낳는다는 사실을, 그리고 남자란 살아가는 동안 운에 기댈 수밖에 없는 상황을 겪고 상처를 입고 실수도 하면서 여러번 태어나야 한다는 사실을 그녀는 알고 있었다.

"정을 붙여보려고 했던 것에서 등을 돌리고 떠난다는 게 간단한 일은 아닌데. 정을 붙여보려고 했던 거잖니." 앙빠라 부인이 말했다. "그 말메르 집안 계집아이가 그렇게 못된 애는 아니야. 조금…… 피둥피둥하고, 상스러운 면도 얼마간 있고…… 그래, 그렇게 못된 건 아니지. 적어도 내가 볼 때는 그래…… 내 생각을 너에게 강요할 마음은 없다. 조금 시간을 갖고 생각해보자……"

"나도 신중해지려고 노력했어요." 알랭은 무뚝뚝하지만 공손하게 말했다. "그리고 지금으로선 어떤 이야기를 혼자 묻어두지만……"

그의 얼굴이 별안간 어떤 웃음으로, 다시 찾아낸 유년시절로 환하게 빛났다. 사아가 뒷발로 선 자세로 물이 가득 찬 물뿌리개 위로 앞발을 숟가락처럼 저으며 물에 빠진 개미들을 사냥하고 있었다.

"저것 봐요, 엄마! 저 고양이는 정말 놀랍지 않아요?"

"그래." 앙빠라 부인이 한숨을 쉬듯 대답했다. "그게 네 망상이지."

흔히 쓰지 않는 어떤 단어가 어머니의 입에서 나올 때마다 그는 늘 신기했다. 그는 몸을 굽혀 어머니의 손에 입을 맞추는 행동으로 그 단어를 맞아들였다. 일찍 늙은 손이었다. 굵은 정맥이 불거져나오고, 손톱이 점점이 거무스름하게 변해 있었다. 바스끄 여자 쥘리에뜨는 그 거무스름한 반점들을 듣기 좋은 소리도 아닌, '흙 얼룩'이라고 불렀다. 그때 대문에서 초인종 소리가 났다. 그는 굽혔던 몸을 바로 세웠다.

"너는 모습을 보이지 않는 게 좋겠다." 앙빠라 부인이 말했다. "실내장식업자가 보낸 인부들이 이리로 지나다니거든. 가서 옷을 챙겨입어…… 네가 이런 우스운 꼴을 하고 있는 걸 푸줏간 배달부가 보면 어쩔래……?"

그렇지만 그 두사람 모두, 초인종을 누르고 있는 사람이 푸줏간 배달부가 아니라는 사실을 알고 있었다. 앙빠라 부인은 벌써 돌아서서 두 손으로 실내가운 자락을 걷어올리며 서둘러 현관 계단을 올라가고 있었다. 곁가지를 다듬어놓은 참빗살나무들 뒤편으로 당황한 바스끄 여자가 검은 명주 앞치마를 바람에 펄럭이며 허겁지겁 내빼는 모습이 알랭의 눈에 잡혔다. 이어서 자갈 위로 슬리퍼를 끄는 소리가 에밀 영감도 달아나는 중이라는 사실을 알게 해주었다. 알랭은 영감의 앞을 막아섰다.

"문은 열었어요? 열기는 했어요?"

"예, 알랭 씨, 새아씨는 차를 주차하고 나서 오실 겁니다요……"

영감은 겁에 질린 외눈으로 하늘을 올려보았다가 우박이 쏟아지기라는 하는 듯이 양어깨를 바싹 움츠리고 사라졌다.

'이것도 재앙이라면 재앙이군. 옷을 제대로 갖춰입고 있을 걸…… 저런, 저 여자는 새로 산 투피스를 입고 있네……'

까미유는 그를 알아보고 곧바로 그를 향해, 그리 서두르는 기색은 없이 다가오고 있었다. 그 순간, 극적인 순간이 빚어내는 거의 행복에 가까운 당혹감에 휩싸여 그는 갈피없는 생각을 떠올렸다. '분명 식사를 하려고 온 걸 거야……'

그녀는 분을 엷게, 그러나 아주 공들여 바르고, 검은 속눈썹과 살짝 벌린 아름다운 입술과 빛나는 치아로 무장한 모습이었다. 그러나 알랭이 그녀를 맞이한답시고 가까이 다가가자, 그 자신감 넘치는 태도도 흔들리는 것 같았다. 사실 그는 방어적인 분위기를 온몸에 휘감은 채, 나무들이 든든한 응원군이나 된 듯 의기양양한 얼굴로 자기 생가의 잔디밭을 디디며 다가가고 있었다. 까미유는 그런 그를 풀 죽은 눈으로 쳐다보았다.

"이해해줘, 한창 자라는 중학생 아이 같은 꼴이 되었어. 우리가 오늘 아침에 만나기로 약속한 것은 아니지?"

"아니…… 짐을 가져다주려고. 자기의 그 큰 트렁크에 담아서 가져왔어."

"그럴 필요는 없는데!" 그의 대답이 격해졌다. "오늘 에밀을 시켜 가져오려 했는데……"

"그렇다면 그 이야기를 해야겠네, 에밀 영감에 대해서 말이야…… 그에게 당신의 트렁크를 옮기게 할 생각이었는데, 그 멍청한 노인네가 마치 내가 옴이라도 옮길 것처럼 기겁을 하고 내빼잖아…… 트렁크는 대문 가까이 길바닥에 내려놓았어……"

모욕감으로 얼굴이 발갛게 달아오르면서 그녀는 샐쭉하게 볼을 깨물었다. '시작이 좋은걸.' 알랭은 속으로 중얼거렸다.

"기분 상하게 해서 미안해…… 에밀이 어떤 사람인지 잘 알잖아…… 자," 하고 알랭이 상황을 정리하듯 말했다. "저기 쉼터로 가자. 조용히 이야기를 나누기에는 집 안보다 저곳이 더 나을 거야."

그는 그 장소를 선택한 것을 곧바로 후회했다. 그 작은 쉼터, 참빗살나무 울타리를 둘러친 버드나무 빈터는 예전에 두사람이 사람들의 눈을 피해 키스를 나누던 곳이었다.

"기다려, 내가 잔가지를 치울게. 그 예쁜 옷을 버리게 할 수야 없지. 내가 못 보던 옷인걸……"

"새것이야." 까미유가 대답했다. '그가 죽었어'라는 말 정도면 그러리라 싶을 만큼 깊은 슬픔을 담은 말투였다.

그녀는 그에게서 몸을 조금 틀어앉아 주위를 둘러보았다. 푸른 나무로 둘러싸인 정자 같은 이 쉼터에는 서로 마주 보는 두개의 둥근 아치 출입구가 나 있었다. 알랭은 예전에 까미유가 고백하듯이 한 말을 기억해냈다. '자기는 이곳이 나를 얼마나 주눅 들게 하는지 모를 거야. 자기 집의 이 아름다운 정원 말이야…… 이곳에 올 때마다 나는 마을의 계집아이가 영주의 아들과 놀려고 대저택의 정원에 온 기분이 들어. 그렇지만……' 마지막 그 단 하나의 단어 '그렇지만'으로 그녀는 모든 것을 망쳐놓았었다. 이 '그렇지만'은

앙빠라 비단 상회가 내리막길로 접어든 데 비해, 말메르 집안 세탁
기는 번창하고 있다는 사실을 일깨우려던 것이었으니까.

　그는 까미유가 장갑을 벗지 않고 있다는 사실을 알아차렸다. '나
름대로 조심하려는 것일 테지만, 그 조심성이 이 여자에게 오히려
독이 되었군…… 저 장갑이 없었다면 나는 저 여자의 손을 떠올리
지는 않았을 테니까. 저 손이 저지른 짓을 말이야…… 아! 드디어
조금, 조금 화가 치미는군' 하고 속으로 중얼거리면서 그는 자신의
심장박동에 귀 기울였다. '여기까지 오는 데 시간이 걸렸어.'

　"그런데……" 까미유가 침울하게 말을 꺼냈다. "그런데 어떻게
할 셈이야……? 아직 생각 중인 것은 아닐 테지……"

　"아냐." 알랭이 대답했다.

　"아하!"

　"말한 그대로야. 나는 돌아갈 수 없어."

　"오늘 집에 와서 잘 생각이 없다는 건 잘 알아……"

　"나는 돌아가고 싶지 않아."

　"아주……? 영영?"

　그는 어깨를 으쓱해 보였다.

　"무슨 말이야, 그게, 영영이라니? 나는 돌아가고 싶지 않아. 지금
으로서는 그래. 그러고 싶지 않아."

　그녀는 그를 빤히 쳐다보며 무엇이 진심이고 무엇이 아닌지 분
간하려고 애썼다. 그가 정말 화가 난 것인지 그런 척해 보이는 것
인지 가려내려고 했다. 그는 그녀에게 의혹을 위한 의혹을 던져보

내고 있었다. '오늘 아침에는 이 여자가 어려 보여. 철부지 귀여운 소녀 같아. 이 푸른 정원에 들어와 길을 잃었어. 우리는 벌써 쓸데없는 말을 꽤 많이 주고받았는데……'

멀리, 한쪽의 아치 통로를 통해 보이는 저택 정면 한 귀퉁이에서 까미유는 '공사'의 흔적을 알아보았다. 새로 낸 창문, 새로 페인트칠한 덧창…… 용기가 났다. 그녀는 위험과 정면으로 마주 섰다.

"어제, 내가 만약 아무 이야기도 안했더라면 어땠을까?" 그녀가 불쑥 말을 꺼냈다. "자기가 아무것도 모르고 지나갔더라면?"

"정말 여자다운 생각이군." 그가 대꾸했다. "그런 생각이 당신의 장기야."

"오!" 까미유는 고개를 흔들었다. "장기라니, 장기라니…… 이번이 처음은 아닐 거야. 부부의 행복을 위해서 어떤 일을 결코 털어놓지 말아야 할, 혹은 미처 말하지 않고 넘어가는 경우가 말이야…… 하지만 나는 이번 일을 숨기면서 이보 전진하기 위해 일보 후퇴하는 것뿐이라고 생각했어. 내가 느끼기에 자기는…… 어떻게 말해야 좋을까?"

그녀는 표현할 말을 찾으면서, 그 말을 표현하려 하면서, 두 손을 마주 잡았다. '저 여자가 자기 손을 저렇게 내보이는 태도는 잘못이야.' 알랭은 복수심이 치밀었다. '누군가를 죽이려 한 손이잖아……'

"그래, 자기는 결코 내 편이 아니었거든." 까미유는 말했다. "그렇잖아?"

이 기습적인 말에 놀라면서 그는 머릿속으로는 그녀가 사실을 제대로 파악하고 있다는 생각을 했다. 그는 아무 대답도 하지 않았다. 그러자 까미유는 불평하듯이, 그가 자주 들어 잘 아는 목소리로 대답을 재촉했다.

"대답해봐, 나쁜 자식, 대답 못해?"

"아니, 맙소사." 그가 화를 터뜨렸다. "문제는 그게 아니잖아! 내가 알고 싶은 것은—내가 당신한테서 알고 싶은 것은—당신이 자신이 저지른 짓에 대해 미안한 마음이 있냐는 거야. 그걸 마음에 담아두고 있느냐, 병이 날 만큼 생각하고 있느냐 하는 거라고…… 뉘우침, 그래, 뉘우침 말이야! 그런 것 있잖아, 뉘우침!"

그는 흥분해서 벌떡 일어나 쉼터 안을 한바퀴 빙 돌며 옷소매를 들어 이마를 문질렀다.

"아하!" 까미유가 짐짓 뉘우치는 척 어색하게 한걸음 물러났다. "물론 뉘우치지. 그럼…… 그런 짓을 하지 않았더라면 얼마나 좋았을까…… 내 머리가 돌았었나봐……"

"거짓말!" 그는 낮게 소리를 질렀다. "단지 계획대로 하지 못해서 후회되는 것이겠지! 그건 당신의 말만 들어도 알 수 있어. 지금 당신 모습만 봐도 알아. 비딱하게 멋 부려 쓴 그 작은 모자하며, 그 장갑, 새 옷, 지금 당신의 모습 전부가 나를 어떻게든 꾀어보려고 작정한 거잖아…… 당신이 뉘우치고 있다는 말이 진심이라면, 지금 당신의 얼굴에 그렇게 쓰여 있어야만 해, 그게 느껴져야만 한다고!"

그는 나지막이, 거친 목소리로 말하고 있었다. 스스로 화를 북돋 워온 참에, 드디어 자신을 통제할 수 없다는 듯이, 솟구치는 대로 분통을 터뜨렸다. 낡은 파자마의 팔꿈치 솔기가 뜯어졌다. 그러자 그는 아예 소매를 잡아찢어 덤불 위로 내던졌다.

까미유는 처음에는 맨살이 드러난 그의 팔만 빤히 쳐다보았다. 이런저런 동작으로 쉴 새 없이 움직이는 그 팔은 암녹색 참빗살나 무 울타리를 배경으로 기이할 만큼 하얗게 두드러졌다.

알랭은 두 손을 들어 눈을 감쌌다. 목소리를 좀더 낮추려고 애쓰 면서 말했다.

"잘못한 것도 없는 작은 생명을, 멋진 꿈들처럼 푸른…… 그저 주인만 알고, 자신이 선택한 것을 빼앗기면 고고하게 죽을 수도 있 는 그 어린 영혼을…… 그런 생명을 당신은 그 두 손으로 붙잡아 추켜올렸겠지, 허공으로 말이야. 그러고는 그 손을 놓은 거야…… 당신은 잔인한 여자야…… 나는 잔인한 괴물과 같이 살고 싶지 않 아……"

그는 손을 내려 땀으로 축축해진 얼굴을 드러내고, 무슨 말을 더 퍼부을까 궁리하면서 까미유 앞으로 다가왔다. 그녀의 호흡이 짧 아졌다. 그의 맨살갗 팔을 응시하던 시선이 팔 못지않게 하얀, 핏기 가 어디론가 다 빠져나간 그의 얼굴로 옮겨갔다.

"한마리 짐승 때문에!" 그녀가 분개해서 소리쳤다. "너는 한마리 짐승에 나를 희생시켰어! 나는 네 아내인데, 정말이지! 너는 짐승 한마리 때문에 나를 버린 거야……!"

"한마리 짐승이라고……? 그렇지, 짐승……"

그는 겉으로는 침착성을 되찾은 듯이 알쏭달쏭한, 뭔가 알고 있다는 식의 미소 뒤편으로 몸을 숨기며 생각했다. '나도 믿고 싶어, 사아가 한마리 짐승이라고…… 그 아이가 정말로 그렇다고 한들 그 무엇이 그 짐승보다 우월하다고 할 수 있지? 그리고 어떻게 해야 까미유에게 이걸 이해시킬 수 있을까? 그 아이는 나를 웃게 해줘. 더없이 순수한 작은 악당, 분노할 줄 알지만 덕성스럽기 짝이 없는 그 아이는 말이야. 한마리 짐승이란 것이 무엇인지 대체 누가 안다고……' 그로서는 고양이를 모르는 자들을 실컷 비웃어주고 싶었겠지만, 이 생각을 더 밀고 나가지 못했다. 까미유의 목소리가 그를 몽상에서 끌어냈다.

"바로 너야, 잔인한 괴물은."

"뭐라고?"

"그래, 너야. 불행히도 그 이유는 설명하지 못하겠어. 하지만 내가 틀리지 않았다는 건 장담해. 나는, 그래, 나는 사아를 없애고 싶었어. 나쁜 생각이지. 그렇지만 자신을 방해하는, 혹은 고통을 안겨주는 것이 있을 때 여자라면, 특히 질투심에 사로잡힌 여자라면 가장 먼저 떠올리는 방법은 그걸 죽이는 것이지…… 그런 생각은 정상적이야. 흔히 볼 수 없는, 괴물 같은 경우란 바로 너야, 바로……"

그녀는 자신의 말을 이해시키고 싶어 답답해했고, 그래서 그 순간 눈앞에 있는 알랭의 모습, 어느정도 미치광이라고밖에는 해석할 수 없는 그 우연한 표지들, 뜯어낸 옷소매, 부들부들 떨리면서 욕설을 퍼붓던 입, 핏기라고는 없는 뺨, 광풍을 맞은 듯 헝클어진 금발 머리카락들을 지적했다. 그는 자신을 방어할 생각이 없다는 듯 아무런 반박도 하지 않았다. 어떤 탐험을 떠났다가 길을 잃고 돌아오지 못하는 사람 같았다.

"만약 내가 질투심으로 어떤 여자를 죽였다면, 혹은 죽이려 했다면, 자기는 아마 나를 용서할 거야. 하지만 내가 건드린 것은 그 암고양이고, 그러니 내 계산이 맞아. 용서는 물 건너간 거지. 또한 내가 자기를 괴물딱지로 취급하지 않기를 바란다 해도⋯⋯"

"내가 그걸 바란다고 했었나?" 그가 거만하게 말을 끊었다.

그녀는 그에게 질겁한 눈길을 던지더니 포기한다는 시늉을 했다. 그런 그녀의 움직임을, 장갑 낀 그 가증스러운 젊은 손의 움직임 하나하나를 그는 침울하고 냉랭한 표정으로 쏘아보았다.

"자, 이제 앞으로 무엇을 해야 할까⋯⋯ 우리 사이가 어떻게 될 것 같아, 알랭?"

그는 하마터면 괴성을 내며, 편협함과 아집과 드러내 보이며, 그녀에게 '헤어지자'라고 소리 지를 뻔했다. '각자 입 다물고, 혼자 잠들고 혼자 숨을 쉬자! 나는 멀리, 아주 멀리 떨어져 살 테니. 예를 들면 이 버찌나무 아래, 이 희고 검은 까치의 날개 아래, 아니면 스프링클러가 만드는 물부채 아래에서⋯⋯ 아니면 서늘한 내 방에서 말이야. 그곳에서라면 1달러짜리 금화, 한줌의 성유물聖遺物, 샤르트뢰 고양이가 나를 지켜주거든⋯⋯'

그는 솟구치는 충동을 억제하고, 침착하게 거짓말을 했다.

"지금으로서는 해야 할 일이 아무것도 없어. 너무 일러, 뭔가…… 결정을 내리기에는…… 나중에 다시 만나 이야기하는 게 좋겠어……"

감정을 자제하려는, 어느정도 대화가 통하는 척하려는 이 마지막 노력에 기를 쏟아붓느라 그는 완전히 지쳐버리고 말았다. 까미유를 배웅하려고 몸을 일으킨 그가 몇걸음 내딛기도 전에 뭔가에 걸려 비트적거린 이유도 그 때문이었다. 까미유는 그가 던져준 이모호한 화해를 지푸라기라도 잡는 심정으로 받아들인 참이었다. 그녀가 말했다.

"자기 말이 맞아, 그래, 너무 일러…… 조금 더 있다가…… 나오지 마, 자기가 대문간까지 나오는 건 신경이 쓰여…… 그 옷소매 꼴을 보면 우리가 치고받으며 싸운 줄 알 거야…… 그런데 있지, 나는 뿔루마나슈로 가서 해수욕을 할 생각이야. 거기 큰오빠네 부부가 사니까, 그 집에 가서 묵으려고 해…… 왜냐하면 당장은 집에 가서 지낸다는 생각만 해도……"

"로드스터를 가져가도록 해." 알랭이 말했다.

그녀는 얼굴이 발갛게 되면서 무척 고마워했다.

"그 차는 빠리로 돌아오자마자 자기에게 가져다줄게. 자기도 차가 필요할 수 있잖아. 그러면 주저 말고 내게 연락해줘, 그 차를 가져오라고 말이야…… 그리고 언제 떠나고 돌아올지 자기에게 꼭 알릴게……"

'벌써부터 이 여자는 그물을 짜기에 바쁘군. 이미 씨실을 걸어놓

앉어. 건널 다리도 걸쳐놓고, 벌써부터 흩어진 것을 끌어모으고, 다시 꿰매고, 다시 엮고…… 무서울 정도야. 엄마가 이 여자한테서 간파한 것이 이런 성격일까? 사실 이건 아주 좋은 성격일 테지. 나는 더이상 이 여자를 이해할 힘이 남아 있는 것 같지 않아. 이해하려 애쓰기보다 차라리 위자료를 주는 게 낫겠어. 이 여자는 그런 환경 속에서 얼마나 편안해하는지, 나는 거기서 도저히 견딜 수 없는데…… 이제 이 여자는 보내자, 이 여자는 보내버리자……'

그녀는 갔다. 조심하느라 그에게 손을 내밀지는 않았다. 대신 잘 다듬은 나무들이 늘어선 녹음의 아치 아래서 아름다운 젖가슴을 그에게 살짝 갖다댔지만 아무런 반응도 얻지 못했다. 혼자 있게 되자 그는 소파에 깊숙이 몸을 묻었다. 가까이 놓인 버드나무 탁자 위로 암고양이가 불쑥 솟구치듯 뛰어올랐다.

정원 산책로가 굽어지는 모퉁이, 우거진 나뭇잎들 사이로 벌어진 틈을 통해 까미유는 그와 암고양이의 모습을 멀리서 한번 더 볼 수 있었다. 그녀는 잠시 발걸음을 멈추었다. 발자국을 되밟아 돌아가고 싶은 충동이 일었다. 하지만 그녀가 흔들린 것은 한순간일 뿐, 그런 다음에는 아주 빠른 걸음으로 멀어져갔다. 사실, 사아가 망을 보듯 목을 빼서 마치 사람 같은 눈초리로 까미유가 떠나는 모습을 뒤쫓고 있는데다, 암고양이가 그러는 동안 알랭은 반쯤 몸을 누인 채, 손바닥을 앞발 모양으로 민활하고 오목하게 모아 꼭지가 뾰족한, 팔월의 초록색 풋알밤들을 가지고 장난을 치고 있었던 것이다.

질투, 존재의 근본적 긴장감
──씨도니가브리엘 꼴레뜨와『암고양이』

『암고양이』는 프랑스 여성작가 씨도니가브리엘 꼴레뜨가 1933년에 발표한 작품이다. 작가의 대표작으로 꼽히는『셰리』와『청맥』의 출간연대가 각각 1920년, 1923년이고, 영화와 뮤지컬로 잘 알려진 만년의 대표작『지지』의 단행본 출간연대가 1944년이라는 점에 비춰볼 때,『암고양이』는 작가의 일생에서 문학적으로 가장 풍요한 결실이 쏟아진 시기의 중간지점, 말하자면 창조적 영감이 가장 빛나던 시기의 한복판에 자리 잡고 있다.

당연한 말이지만 소설은 꾸며낸 이야기이며 우선 그 자체로 완결된 세계인 만큼 소설을 읽는 데 작가의 실제 삶을 참조할 필요는 없다. 꼴레뜨의 경우, 첫 작품『학교의 끌로딘』(1900)을 포함한 '끌로딘 씨리즈'가 작가 자신의 소녀시절을 담아넣은 자전적 성격의 작품이기는 하지만, 그후의 작품들에 허구의 성격이 강화되면서 작가는 점차 뒤편으로 모습을 감춘다. 그러나 꼴레뜨의 소설을 읽다보면, 분명 허구인 그 이야기 아래에서, 희미하든 비교적 뚜렷하든 작가의 그림자를 발견하게 되는 것도 사실이다. 그런 이유로 몇몇 비평가들은 꼴레뜨에 대해 어떤 이야기를 하든 기본적으로 자신에 대해, 오직 자신에 대해서만, 자신의 삶에 대해서만 이야기한 작가라는 해설을 붙이기도 한다.

씨도니가브리엘 꼴레뜨는 1873년 프랑스 부르고뉴 지방 욘 현(縣)의 쌩소뵈르에서 태어났다. 아버지는 세무관이었고 어머니는, 꼴레뜨의 회상에 따르면, 딸에게 자연의 경이로움과 삶에 대한 사랑을 가르친 감수성이 풍부한 여성이었다. 꼴레뜨는 쌩소뵈르에서 학교를 다니며 일찍부터 발자끄, 위고, 졸라 등의 작품을 읽었다. 꼴레뜨가 열여덟살 때 가족이 파산하여 사는 집을 팔고 떠나야 했다. 루아레 주(州)로 이사해 의사로 개업한 큰오빠 가까이에서 얹혀살면서 씨도니가브리엘은 어린 시절을 보낸 부르고뉴 쌩소뵈르의 집과 정원을 잊지 못했고, 그 그리움을 평생 간직했다.

1893년 스무살의 꼴레뜨는 빠리 출판업자의 아들 앙리 고띠에 빌라르와 결혼한다. 꼴레뜨보다 열네살 연상인 그는 '윌리'라는 필명으로 평론을 썼고, 한편으로는 대중소설을 써서 돈벌이를 했는데, 가벼운 오락물인 그 소설 씨리즈를 다량 출간하기 위해 대필자를 물색하기도 했다. 꼴레뜨를 빠리의 문학인 모임에 데리고 다니면서 윌리는 이 어린 아내의 문학적 재능을 알아보고 글을 써볼 것을 제안했다. 집에 들어오지 않는 연상의 바람둥이 남편으로 인해 빠리 아파트 구석에서 유배된 듯 지내야 했던 꼴레뜨는 고향을 그리워하며 밤새 웅크려 글을 썼고, 이렇게 나온 첫 작품이 위에서 언급했듯 자전적 이야기가 섞여들어간 『학교의 끌로딘』이다. '윌리'의 이름으로 출간된 이 작품은 대중적 인기를 얻어 그의 호주머니를 두둑하게 채워주었고, 꼴레뜨는 윌리의 부추김을 받으며 연이어 『빠리의 끌로딘』 『가정의 끌로딘』을 썼다. 이 작품들도 첫 작품과 마찬가지로 '윌리'의 이름을 달고 출간되었다. 그러나 『학교의 끌로딘』 두번째 판부터는 꼴레뜨의 이름을 넣어 '윌리와 꼴레뜨 윌리' 공동저자 이름으로 내놓게 되는데, 물론 작품 내용의 거의 전부는 꼴레뜨가 쓴 것이고, 윌리가 거든 것은 대중의 요구에 맞춰 외설적 내용을 덧붙인 것뿐이었다.

1902년 『빠리의 끌로딘』이 연극으로 공연되었다. 대중흥행 수완이 있는 윌리는 공동저자로 이름을 올린 꼴레뜨를 당시 연극무대에서 주인공 끌로딘 역을 맡은 인기 여배우이자 가수인 뽈레르와 동일한 분장을 시켜 빠리 사교계에 소개했고, 이 일을 계기로 꼴레뜨의 대중적 이미지가 만들어지게 되었다. 이후 꼴레뜨는 팬터마임을 배워 무대에 섰고, 이 팬터마임 무대는 윌리와 별거에 들어간 꼴레뜨의 생계수단이 되어주었다. 한편 꼴레뜨는 레즈비언 남장여인 '미시'와 동거하며, 그녀와 물랭루즈에서 「이집트의 꿈」을 공연

했는데, 이 작품은 여성 동성애에 대한 암시 탓에 큰 물의를 빚기도 했다. 1912년 서른아홉살의 꼴레뜨는 그전 일년간 지속해온, 오귀스뜨 에리오라는 열세살 연하 청년과의 연애를 끝내면서, 꼬레즈 지방 귀족 출신으로 신문『르마땡』의 편집자인 앙리 드 주브넬과 결혼했고, 이듬해에 딸 '벨가주'를 얻었다. 역시 바람둥이 한량인 앙리 드 주브넬과의 결혼생활 팔년째인 1920년 꼴레뜨는 남편이 전처에게서 얻은 아들인 당시 열여덟살의 베르트랑 드 주브넬과 연인관계가 되었고, 의붓아들과의 이 관계는 그가 결혼한 1925년까지 계속되었다. 의붓아들과의 관계를 끝낸 그해에 꼴레뜨는 열여섯살 연하인 모리스 구드께를 만났다. '최고의 친구'이자 평생의 동반자가 된 구드께와의 만남을 통해 꼴레뜨는 비로소 평온을 찾고, 작가로서 창조적 모색과 실험에 전념할 수 있는 든든한 버팀대를 얻었다. 구드께와 만남을 이어간 꼴레뜨는 그로부터 십년 후인 1935년 마침내 그와 결혼한다.

이상은 꼴레뜨가 작가로서 가장 풍요한 시기를 맞이하기까지의 삶을 간략히 요약해본 것이다. 몇개의 큰 사건과 그 사이사이 끼어든 스캔들만으로 엮어놓은 생애란 살 발라낸 생선가시처럼 상상력을 막아버리지만, 어쨌거나 시대가 20세기 초였음을 생각해볼 때 꼴레뜨의 삶이 결코 평범하지 않았다는 사실은 확인할 수 있다. 레즈비언 남장여인과의 동거, 연하의 청년들, 그리고 근친상간의 그림자 등, 곡절 많은 세번의 결혼과 두번의 이혼이라는 굴곡 사이사이에 끼어든 그 사건들은 어찌 보면 당시 사회관습과 윤리에 대한 조롱, 금기에 대한 일종의 도전처럼 보이기도 한다. 그러나 이런 식으로 정치적 의미를 부여하기에 앞서 꼴레뜨의 생애 전체를 통해 읽어낼 수 있는 것은 무엇보다 사랑과 예술을 포함한 생, 그 자체에 대한 갈망, 살고 바라고 욕망하는 능동적인 삶의 모습이다. 꼴레뜨는 '벨에뽀끄'로 지칭되는 당시의 시대 분위기, 인간 삶의 모든 영역에서 자유로운 모험에 뛰어들었던 서구 유럽 문화의 그 아름다운 시절을 아우르며, 평생 사랑하고 생각하고 느끼는 일에 대한 새로운 실험을 멈추지 않았다. 삶을 향한 이런 능동적 태도는 당연한 일이지만 작가의 글쓰기로 옮겨졌고, 작품을 통해 관습이나 타인의 시선에 예속되지 않는, 바라고 느끼는 대로 움직이는, 즉 자기욕망의 주인이고자 하는 인물들로 구현되고 있다. 일상 현실에서 대개의 경우 스캔들로 치부될 사건들이 꼴레뜨의 경우 이렇게 작품 속의 진지한 시선과 맞물림으로써 삶의 새로운 가능성을 모색하는 적극적 의지로 받아들여지는 것이다.

　무엇인가를 바라고 갈망하는 삶, 자기 욕망의 주인이고자 하는 태도에서 곧바로 떠오르는 주제는 사랑일 것이다. 꼴레뜨의 작품들은 주로 사랑에 대해, 사랑에서 파생되는 기쁨, 슬픔, 고독, 그리고 질투라는 함정에 대해 이야기한다. 앞서 언급한 『셰리』와 『청맥』만 보더라도, 생의 마지막 열정에 모든 것을 건 나이 든 여성과 이 열정에 이끌리면서도 현실에 등 돌리지 못하는 젊은 남자의 감정의 평행선을 그리거나, 오누이처럼 자란 두 청춘의 사랑과 질투를 응시하는 작품이었다. 『암고양이』 역시 사랑과 질투에 대한 이야기이다. 이 소설의 줄거리는 비교적 단순하다.

알랭은 어릴 적부터 알고 지내온 까미유와 결혼한다. 신혼부부가 기거할 방의 공사가 끝나지 않은 탓에 두사람은 따로 나와 고층아파트에서 살게 된다. 자신의 암고양이를 원래의 집에 남겨두고 와야 했던 알랭은 까미유와 함께 하는 신혼의 공간에서도 고양이의 빈자리가 참을 수 없이 허전하다. 암고양이를 보기 위해 집에 들른 그는 기운을 잃어가는 고양이가 안타까워 고층아파트로 데려와서 함께 지내게 된다. 까미유는 남편의 사랑을 독차지한 고양이를 질투하여 죽이려고 하지만 실패한다. 아내가 저지른 짓을 알게 된 알랭은 망설임 없이 결별을 선언하고 고양이와 함께 다시 자신의 집으로 돌아간다.

글쓰기란 기본적으로 자신에 대한 이야기라는 것은 엄밀히 말해 글쓰기가 지닌 숙명일 것이다. 그렇지만 앞서 말한 대로 꼴레뜨가 유난히 글쓰기에 자신의 흔적을 짙게 남긴 작가라는 점에 의거한다면, 작품에 묘사된 일화나 성격에서 작가의 실제 삶을 읽어내는 작업도 가능할 것이다. 작품 속 암고양이의 묘사와 연관해서 고양이에 대한 작가의 태도에 주목하는 것도 그런 예이다. 실제로 꼴레뜨는 고양이에 대해 평생 깊은 관심과 애정을 기울였고, 그런 관심과 애정은 고양이 찬양의 형태로 여러 작품에 등장한다. 『암고양이』에서도 독자는 "샤르트뢰라고 일컬어지는, 자그맣고 완벽한 순종 암고양이의 독특한 매력과 뛰어난 자질"을 반복해서 발견하게 된다. 꼴레뜨에게 고양이는 고독과 관능의 상징이었고, 이 동물의 외양과 행동은 우아함과 고상함의 표본으로 작가가 추구하는 내면적 가치와도 통하는 것이었다. 작품에 작가의 전기를 투영하는 또 다른 경우는 등장인물들의 특징이나 성격에서 작가나 주변 지인들의 흔적을 찾아내는 것인데, 예를 들어 어느 비평가는 『암고양이』의 여주인공 까미유에게서 꼴레뜨의 젊은 시절 모습을 읽어내기도 한다.

그러나 이런 방식으로 작품을 실제 인생사와 하나하나 결부하여 읽는 것은 책읽기의 면적을 좁힐 뿐 아니라 거기서 측량해낼 깊이와 울림까지도 미리부터 한정해버리는 일이 될 것이다. 작품이 작가 자신에 대해 이야기하는 경우도 있겠지만, 그렇더라도 그것은 작품만의 방식을 통해서이며, 따라서 우선은 작품 자체에 시선을 고정할 필요가 있다.

대립하는 두 세계

『암고양이』에는 대립하는 두 세계가 있다. 하나는 알랭의 세계로, 유년, 즉 과거의 세계, 꿈과 몽상이라는 비현실의 세계이고, 다른 하나는 까미유의 세계로, 이제 성숙한 여자가 되어 두 발을 딛고 있는 현재의 세계, 미래가 계획되고 계산되는 세계이다.

대립된 세계에 속한 이 두 인물은 작품 첫 장면부터 선명히 대비된다. 거실 한쪽 구석에는 안락의자에 몸을 깊숙이 묻고 움직이지 않는, 정적이고 무력한 알랭이 있다. 알랭은 매일 밤 꾸는 유년의 꿈의 포로가 된 탓에 일상의 삶에서는 힘을 빼앗긴 인물이다. "밀려오는 졸음 덕분에 다시금 연약해지"거나, "영원히 이어지는 다정한 소년시절의 그물에 걸려 미적거리면서 몽상에 빠져들"곤 하는 알랭은 자기 집 정원 이외의 장소, 예를 들어 고층아파트나 매일 출근하는 상점에서 매번 궁지에 몰린 꼭두각시, 방어에 급급한 희생자의 분위기를 풍길 수밖에 없다. 이런 알랭의 반대편에 졸음을 이기려는 동작마저 적극적인 까미유가 있다. 매사에 능동적인 그녀는 사랑하는 남자에게 조롱을 당하건, 고양이에게 밀려 그 남자의 곁을 빼앗기건, 그 어떤 상황에서도 용기를 잃지 않는다. 높게 울타리 쳐진 정원의 위세에 주눅 들어 마치 영주의 성에 놀러 온 가난뱅이 동네 계집애처럼 또다시 초라해질 거라 예상되면 그녀는 그 상황을 이겨내기 위해 오히려 새 투피스를 차려입고, 머리에 베레모를 비스듬히, 비딱하게, 말하자면 도전적으로 걸쳐쓰고, 장갑과 화장으로 무장하고 나선다. 까미유는 당당함과 자부심을 잃지 않는 여자다.

이 두 인물의 대립되는 세계는 서로 연결점이 없다. 작품이 전개되는 물리적 공간도 두 세계의 단절을 부각시킬 뿐이다. 알랭의 집은 과거가 켜켜이 내려앉은 장소인 반면, 까미유가 택한 고층아파트 까르드브리는 초현대식 주거공간, 축적된 과거가 애초에 없는 곳이다. 알랭은 고층아파트에서 "숨 쉴 공기가 부족"하다고 느끼며, "자신이 태어난 집으로 돌아"가고 싶어 안달한다. 그가 그리워하는 것은 그를 어루만져주는 엄마의 손과 암고양이가 있는 정원이다. 이 정원에는 어머니의 웅얼거림, 암고양이 사아에게 들려주는 노랫가락, 나지막이 반복해서 어르는 소리가 있다. 안도감과 편안함을 주는 이 정원, 이 여성성의 요람은 유년의 알랭, "금발머리 미남 청년 속에 숨어 있던 꼬마 알랭"의 왕국이다. 더럽혀지지 않은 순수함의 자리이다.

하지만 알랭을 시종 매혹하는 이 순수함이란 도덕적 순수와는 아무 상관이 없다. 오히려 그것은 이기적인 순수, 시작하기 전의 상태에서만, 배타적으로 닫힌 세계에서만 보전되는 순수이다. 정원이 영원히 닫힌 공간일 수 있다면 알랭은 끝까지 유년에 머물 수도 있을 것이다. 하지만 까미유가 등장하여 정원을, 알랭의 유년을 위협한다. 알랭을 겁먹게 하는 것은 어느새 어른 세계에 자리 잡은 듯이 보이는 까미유의 모습이다. 알랭은 까미유에게서 소녀의 모습을 찾아낼 때, "볼에 패는 볼우물이 어릴 적의 사진에 있는 모습하고 똑같"을 때 친밀감을 느낀다. 그러나 볼우물에 머물던 시선이 그녀의 "강건한 목", 성인의 증표인 '비대한' 젖가슴으로 옮겨지면 그때부터 그녀는 위협적인 적이 된다.

알랭과 까미유가 자리 잡은 이 두 세계는 단절된데다 새로 통로를 내기도 어렵다. 이렇게 소통 불가능한 세계에 속한 알랭과 까미유가 서로를 이해하기란 근본적으로 불가능하다. 어쩌면 관능이 통로가 되어 두사람 사이를 이어줄 가능성은 있었다. 까미유의 풍요하고 균형 잡힌 나신이 알랭의 앙상하고 날렵한 순수를 보완해줄 수도 있었다. 그러나 알랭은 그녀의 벌거벗은 몸을 훔쳐보며 불순하다고 느낀다. 열정에 몸을 내맡기는 순간에 알랭은 관능에 도취하는 대신 까미유의 '주인 노릇'에, "자기 파트너의 진을 홀딱 빼놓기에 앞서 옷을 하나하나 벗어젖히는 젊은 남자 역할"에 도취한다. 그래서 알랭은 고독하다. 순수함을 추구하는 탓에 고독하다. 두사람의 관능은 서로를 연결하는 통로가 되어주기는커녕, 권태와 우울, 무력한 단절감만 키운다.

이렇게 소통의 가능성이 막혀 있을 때 기댈 방법은 거짓말뿐이다. 알랭은 까미유에게 의식적으로든 무의식적으로든 늘 거짓말을 한다. 두사람은 서로 눈치를 보거나 언쟁을 벌이거나 침묵한다. 그 치명적 사건, 까미유가 발코니에서 사아를 내던지는 사건이 일어날 때까지, 이어서 최종 파국을 맞기까지, 이 두사람, 화해 불가능한 두 세계는 이렇게 각자 고독하다. 그러나 고독하다고 절망하지는 않는다. 각자 고립되어, 고독하게, 열망할 뿐이다. 그런데 서로 이해할 가능성이 없는, 각자 자기 세계에 고립된 이 열망이 찾아내는 출구가 단 하나 있다. 바로 질투이다.

질투

작품 속 질투의 삼각구도에서 여성적 존재의 한쪽은 암고양이 사아이다. 사아는 관능의 대척점, 감각이 제거된 순수의 성격을 부여받는다. '푸른 사아'의 키스는 '비물질적'이다. 공중을 박차고 솟구치는 사아는 대기의 속성을 지닌 자연이다. 그 자연은 평화, 체념, 순종의 자연이다. 사아의 노란 눈은 금속성 광채를 띤 까미유의 눈보다 헌신적 사랑을 담기에 더 적합하다. 털에서 "잔가지를 다듬은 회양목, 측백나무, 푸르고 탐스러운 잔디밭의 향기가 풍겨"오는 정원의 고양이, "라일락과 풍뎅이의" 고양이는 고층아파트의 부엌, 최신 가전제품들로 채워진, 까미유의 부엌에 어울리지 못한다.

이 암고양이 맞은편에 까미유가 있다. 그녀는 '푸른 사아'와 대비되어 언제나 황갈색 분으로 피부를 숨긴다. 그녀의 빈틈없는 화장은 일부러 자연스러움을 연출하기 위한 것이지만, 그럼에도 그녀의 머리카락과 입술은 인공의 금속성 광채로 반들거린다. 짙은 피부색, 무성한 솜털을 지닌 그녀는 식물보다 광물의 성격에 가깝다. 까미유는 정원보다 고층아파트와 로드스터가 어울리는 여자다. 사아의 비물질적 키스가 지극히 흔치 않은 찰나의 유혹인 반면, 까미유는 알랭에게 아주 쉽게 자신의 육체를 내준다. 까미유의 눈길은 도발이나 비난에 더 어울린다. 그녀는 알랭의 사랑을 독차지한 사아를 질투한다. 질투는 알랭과의 소통이 가로막힌 그녀의 열정이 유일하게 찾아내는 출구이다. 앞서 말했듯 소통이 막힌 세계에서 서로 간에 가능한 것은 질투뿐이다. 그러므로 질투는 두 여성적 존재, 사아와 까미유에게만 해당되는 것이 아니라, 사실은 알랭과 까미유, 대립하는 이 두 세계의 근본적 관계이다. 알랭과 까미유는 서로를 질투한다. 서로가 서로를 질투하는, 질투로 가득한 세계, 이것이 바로 꼴레뜨가 인식하는 세계이다. 꼴레뜨의 세계는 질투로 인해 늘 긴장하고 있다. 거기서는 질투로 인해 늘 소리없는 전투가 벌어진다.

괴물

이 질투의 세계에서 각자는 상대방의 눈에 '괴물'로 보인다, 순수를 추구하는 눈으로 보면, 순수하지 않아 보이는 그 상대편이 '괴물'이다. 알랭의 눈에 암고양이를 죽이려고 한 까미유는 괴물이다. 그래서 알랭은 그녀를 향해 소리친다. "당신은 잔인한 여자야…… 나는 잔인한 괴물과 같이 살고 싶지 않아……" 그러나 까미유의 눈에는 '순수'를 추구하는 알랭이 괴물이다. 순수함이라고 해서 전부 불순함의 반대는 아니다. 알랭의 순수는 단지 순수에 이끌린, 그것에 무조건 매혹당한, 어른이 되기를 거부하고 유년으로 회귀하려는 움직임일 뿐이다. 그래서 그 순수는 어느 순간 그것이 지향하는 지점과 실제 상태와의 괴리를 노출하고 만다. 그런 괴리가 바로 '괴물'이다. 순수를 지향하는 순수하지 못한 것의 형상이 바로 괴물인 것이다. 까미유의 눈에 잡힌 알랭의 형상, "손을 내려 땀으로 축축해진 얼굴을 드러내고, 무슨 말을 더 퍼부을까 궁리하면서 까미유 앞으로 다가"오는, "핏기가 어디론가 다 빠져나간 얼굴"을 한 알랭이 그렇다. "어느정도 미치광이라고밖에는 해석할 수 없는 그 우연한 표지들, 뜯어낸 옷소매, 부들부들 떨리면서 욕설을 퍼붓던 입, 핏기라고는 없는 뺨, 광풍을 맞은 듯 헝클어진 금발 머리카락들", 그 괴물의 형상을 앞에 두고 까미유가 소리친다. "너는 한 마리 짐승 때문에 나를 희생시켰어! (…) 바로 너야, 잔인한 괴물은. (…) 흔히 볼 수 없는, 괴물 같은 경우란 바로 너야, 바로……"

질투만이 가능한 고립된 세계에서 각자가 느껴야 하는 긴장감. 존재의 이 운명적 긴장감을 꼴레뜨는 이렇게 괴물로 형상화하고 있는 것이다.

감각을 전달하는 언어

사랑의 감정들, 그 기쁨과 슬픔의 이야기들은 꼴레뜨에게서 특히 감각으로, 즉 색깔, 맛, 향기, 소리, 촉감 등으로 구현되곤 한다. 꼴레뜨의 세계는 감각으로 가득하다. 이 감각의 세계는 섬세한 감수성으로 포착된 자연, 감각이 담기는 그릇인 육체를 포함한 자연을 재료로 빚어진다. 생명있는 것에 대한 경이로움을 향해 크게 열린 눈과 귀, 섬세하고 예리한 촉수를 바싹 세운 표피세포로 지탱되는 세계인 것이다.

이렇게 감각은 꼴레뜨의 글쓰기 속에서 이야기의 많은 부분을 창조해낸다. 의미 전달을 위해 감각에 의지하는 언어는 관념에 물들 위험을 모면하게 해준다. 감각과 감수성에 오롯이 내어준 글쓰기 공간에서는 삶과 존재의 갖가지 모습들을 기성윤리나 사고방식에서 벗어난 자리에서 있는 그대로 받아들일 수 있다.

꼴레뜨 글쓰기의 이러한 특징을 연구자들은 가부장사회의 이데올로기에 침윤된 관념어에 대한 저항, 혹은 여성적 주체성의 고양이라는 함의를 담아 '여성적 글쓰기'라는 용어로 표현하기도 한다. 꼴레뜨가 여성 독자들로부터 끌어낸 열광은 이 작가가 당시 여성들의 롤모델, 욕망의 본보기였음을 의미한다. 이러한 시각에서 꼴레뜨를 페미니즘 작가로 볼 수 있을 것이다. 그러나 꼴레뜨에게서 읽어내는 페미니즘이 일반적인, 말하자면 정치적 의미의 페미니즘은 아니다. 여성의 눈으로 여성에 대해 이야기하지만, 물론 그 결과로 작품을 통해 가부장사회에서 여성이 감당해야 하는 억압, 결혼과 가정이라는 것의 허구성도 드러내지만, 이 작가가 가장 주목하는 것은 바로 '여성의 순진함'이다. 가부장적 관념이나 윤리로 규정되거나 제재되지 않는, 있는 그대로의 자발적·자율적 여성 말이다. 꼴레뜨는 욕망의 주체로서, 즉 자기 욕망의 주인으로서, 감정, 관능, 쾌락에서 금기를 넘어선 여성을 글로 썼다. 이 작가가 작품을 통해 보여주는 것은 자기 삶의 주인으로서의 여성이다. 여성해방의 진정한 출발점, 여성의 자유와 삶의 자율을 정치적 구호 없이도 예리하게 짚어낸 것이다.

꼴레뜨는 작가로서의 글쓰기를 넘어 연극무대와 영화, 저널리즘에 이르기까지 다양한 활동영역을 보여주었다. 이 작가는 자신의 작품들을 통해, 또한 그녀 자신이 보여준 삶의 방식을 통해 당대 독자들, 특히 자신의 방식으로 살아간다는 말에 한층 민감해진 젊은 여성들로부터 환호와 갈채를 얻었다. 이런 대중적 인기와 더불어 벨기에 왕립 아카데미의 회원으로, 프랑스 공꾸르 아카데미 회원이자 회장으로, 또한 레지옹 도뇌르 훈장 서훈까지 포함하여 작가로서의 공식적 명예를 누리기도 했다. 꼴레뜨는 1954년 8월 루브르 근처, 빠리가 내려다보이는 빨레루아얄의 아파트에서 세상을 떠났다. 장례는 작가가 마지막으로 머문 그 거처에서 국장(國葬)으로 치러졌다.

임미경(소설가·번역가)

작가연보

1873년 1월 28일 빠리에서 멀지 않은 욘 현의 쌩소뵈르에서 씨도니가브리
엘 꼴레뜨 출생. 아버지 쥘조제프 꼴레뜨(1829~1905)는 퇴역군인
으로, 쌩소뵈르의 세무관으로 재직함. 빠리 출신인 어머니 씨도니
랑두아(1835~1912)는 쥘조제프 꼴레뜨와의 결혼(1865)이 재혼으
로, 사별로 끝난 첫 결혼에서 얻은 두 자녀, 쥘리에뜨와 아실 아래로
레오와 씨도니가브리엘을 낳음. 꼴레뜨는 쌩소뵈르에서 학교를 다
니며 일찍부터 대가의 작품에 눈을 떠서 발자끄, 위고, 졸라 등의 작
품을 읽음.

1891년 호사스러운 취향과 허술한 재산관리 등 복합적 이유로 파산한 꼴레
뜨 가족은 집을 팔고 쌩소뵈르를 떠나 의사인 큰오빠 아실이 있는

중부 루아레 주의 샤띠옹쉬르루앵으로 이사. 그러나 꼴레뜨는 어린 시절을 보낸 쌩소뵈르의 집과 정원, 부르고뉴 지방의 자연정취에 대한 그리움을 평생 간직함.

1893년 부친의 친구인 빠리 출판업자의 아들 앙리 고띠에빌라르 (1859~1931), 일명 '윌리'와 결혼. 윌리는 프랑스 애니메이션의 개척자인 에밀 꼴의 아내 마리루이즈 쎄르바와 내연관계를 맺어 꼴레뜨를 만나기 일년 전에 사생아를 얻었고, 꼴레뜨와 결혼하면서 이 사생아의 양육을 꼴레뜨에게 맡김. 이 아이는 꼴레뜨가 빠리로 떠나면서 그녀의 부모가 떠맡아 키우게 됨.

1900년 꼴레뜨가 남편 '윌리'의 이름으로 『학교의 끌로딘』(*Claudine à l'école*)을 출간. 이 작품은 재판을 찍으면서부터 '윌리와 꼴레뜨 윌리' 공동저자 이름을 달고 출간됨.

1901년 『빠리의 끌로딘』(*Claudine à Paris*) 출간.

1902년 『빠리의 끌로딘』이 연극으로 각색되어 부프빠리지엔 극장에서 공연됨. 당시 인기 여배우이자 가수이며 특히 16인치 개미허리로 인기를 모았던 뽈레르(Polaire, 1874~1939)가 끌로딘 역할을 맡음. 대중흥행 감각을 지닌 윌리는 공동저자 꼴레뜨를 여배우 뽈레르와 동일한 분장을 시켜 흑백의 쌍둥이 이미지로 빠리 사교계에 소개함. 『가정의 끌로딘』(*Claudine en ménage*) 출간.

1903년 『끌로딘 사라지다』(*Claudine s'en va*) 출간.

1904년 『민』(*Minne*)을 써서 윌리의 이름으로 출간. 『동물들의 대화』 (*Dialogues de bêtes*)를 '꼴레뜨 윌리'라는 이름으로 출간. 『동물들의 대화』가 공동저자명을 벗어나 이 이름으로 발표한 첫 작품이 됨.

1905년 역시 윌리의 이름으로 『민의 방황』(*L'Égarement de Minne*) 출간. 아 버지 쥘조제프 꼴레뜨가 세상을 떠남. 『동물들의 대화』에 내용을 첨 가해서 재발간. 이 판본에 프랑시스 잠이 서문이 씀.

1906년 팬터마임 배우 조르주 와그에게 팬터마임을 배움. 프랑시스 드 크 루아세, 장 누게의 팬터마임 작품 「욕망」(Le Désir) 「사랑과 몽상」 (L'Amour et la chimère)을 공연함. 이후 윌리와 별거하면서 윌리 의 사생아 자끄앙리 고띠에빌라르의 양육에서도 해방됨. 조르주 와 그와 함께 「밤새」(L'Oiseau de Nuit) 「사랑에 빠진 암고양이」(La Chatte amoureuse) 등을 공연함. 이 팬터마임 무대는 1912년 앙리 드 주브넬과 결혼할 때까지 꼴레뜨의 생계수단이 되어줌.

1907년 모르니 공작의 딸이며 남장여인으로, 당시 뵐뵈프 후작과 이혼한 상태이던 마띨드 드 모르니(일명 '미시')와 동거. 꼴레뜨와 '미시' 가 물랭루즈에서 공연한 「이집트의 꿈」(Rêve d'Égypte)은 레즈비언 적 분위기와 암시로 인해 당시 관객의 큰 저항을 불러일으킴. 이후 이 작품은 「동방의 몽상」(Songe d'Orient)으로 제목을 바꾸고 '미 시' 대신 와그가 공연하게 되었으나 스캔들은 가라앉지 않음. '미 시'와 꼴레뜨의 동거는 이후 십여년간 지속됨.

1907년 『감상적 은둔』(*La Retraite sentimentale*)을 꼴레뜨 윌리 이름으로 출간.

1908년 단편집 『포도밭의 덩굴손』(*Les Vrilles de la vigne*) 출간.

1909년 예술극장에서 「동지」(同志, En Camarades) 공연. 꼴레뜨가 배역을 맡아 직접 무대에 섬. 『민』과 『민의 방황』을 묶어 다시 씀. 다시 쓴 작품이 『천진난만한 탕녀』(*L'Ingénue libertine*)로 출간됨.

1910년 '미시'가 브르따뉴 쌩꿀롱에 있는 별장 로즈방(Roz Ven)을 꼴레뜨에게 선물함. 13세 연하인 오귀스뜨 에리오와 연인관계가 되고, 앙리 드 주브넬을 만날 때까지 일년 정도 이 관계를 지속함. 별거 중이던 윌리와 공식적으로 이혼. 『방황하는 여인』(*La Vagabonde*) 출간. 12월부터 『르마땡』(*Le Matin*)에 평론을 기고하며, 이 신문사 편집장 앙리 드 주브넬과 만남.

1912년 9월 어머니 씨도니('씨도')가 세상을 떠남. 12월 앙리 드 주브넬과 결혼. 앙리 드 주브넬은 이후 정치에 투신하여, 꼬레즈 지방의 상원의원(1921), 시리아 프랑스고등판무관(1925~26), 로마 주재 프랑스대사(1933)를 지냄.

1913년 7월 앙리 드 주브넬과의 사이에서 '벨가주'(Bel-Gazou, 프로방스 방언 beau gazouillis의 줄임말로 '즐거운 종알거림'이라는 뜻)라는 애칭으로 부른 딸 꼴레뜨 르네 드 주브넬을 얻음. 『질곡』(*L'Entrave*) 『무대의 이면』(*L'Envers du music-hall*) 출간. 12월 큰오빠 아실 사망.

1916년 『동물들의 평화』(*La Paix chez les bêtes*) 출간.

1917년 『기나긴 시간들』(*Les Heures longues*) 출간.

1918년 『군중 속에서』(*Dans la foule*) 출간.

1919년 『밋수』(*Mitsou*) 출간. 『르마땡』 단편소설 부문을 담당함. 『동지』(*En Cammarades*) 출간.

1920년 앙리 드 주브넬의 아들 베르트랑 드 주브넬이 여름방학 동안 브르

따뉴의 별장 '로즈방'에 와서 머문 것을 계기로, 30세 연하의 이 의붓아들과 연인관계가 됨. 이 관계는 꼴레뜨가 모리스 구드께를 만난 1925년까지 지속. 『셰리』(*Chéri*) 출간. 9월 레지옹 도뇌르 훈장을 받음.

1921년   『셰리』를 레오뽈 마르샹과 희곡으로 공동각색. 12월 미셸 극장에서 공연.

1922년   1차 세계대전 말인 1917~18년에 출간했던 작품들을 묶어 단편집 『볕이 잘 드는 방』(*La Chambre éclairée*)으로 출간. 『끌로딘의 집』(*La Maison de Claudine*) 출간.

1923년   2월 『방황하는 여인』을 역시 레오뽈 마르샹과 공동 각색하여 르네상스 극장에서 공연함. 남부 프랑스 순회강연에 나서서, 동물들에게서 찾아볼 수 있는 인간적인 면모라는 주제로 강연. '미시'의 선물이자 꼴레뜨가 사랑한 브르따뉴의 별장 '로즈방'을 무대로 쓴 소설 『청맥』(*Le Blé en herbe*)을 최초로 '꼴레뜨'라는 이름을 써서 출간. 앙리 드 주브넬과 파경을 맞음.

1924년   단편집 『숨은 여자』(*La Femme cachée*) 출간. 2월 『르마땡』과 결별. 4월에서 9월 사이 『르피가로』(*Le Figaro*)에 '한 여자의 의견'이라는 제목으로 일요칼럼을 연재. 12월 몬떼까를로 「셰리」 공연에 참여하여 무대에 섬.

1925년   십여년 전에 쓴 극본 「어린이와 마술」(L'Enfant et les Sortilèges)이 모리스 라벨의 각색을 거쳐 몬떼까를로에서 오페라로 공연됨. 이듬해 1926년 이 오페라가 빠리에서 공연됨. 모리스 구드께와 만남.

4월 앙리 드 주브넬과 공식이혼. 「셰리」 순회공연에 나섬.

1926년 『셰리의 종말』(*La Fin de Chéri*) 출간. 4월 마라케시 부족장 글라우이의 초대로 모리스 구드께와 모로코 여행. 쌩트로뻬에 '사향 냄새 가득한 포도원'을 구입함. 빠리 루브르 옆 빨레루아얄로 이사함. 1931년 이 집을 떠났다가 1938년에 다시 돌아와 정착. 스위스 순회 강연에 나섬.

1927년 「방황하는 여인」 재공연.

1928년 『여명』(*La Naissance du jour*) 출간. 두번째 레지옹 도뇌르 훈장을 받음.

1929년 『두번째 여인』(*La Seconde*) 출간. 마라케시 부족장이 마련해준 탕헤르 별장에 머묾. 독일 순회강연.

1930년 『씨도』(*Sido*) 출간. 여름에 노르웨이 여행.

1931년 『방황하는 여인』을 유성영화로 공동각색. 9월 다리 골절상을 당함. 이 사고의 후유증은 관절염으로 이어져 말년의 꼴레뜨를 괴롭히게 됨.

1932년 『쾌락』(*Ces Plaisirs*) 출간. 이 작품은 1941년 『순수와 불순』(*Le Pur et l'Impur*)이라는 제목으로 재출간됨. 6월 빠리에 미용연구소 설립.

1933년 『암고양이』(*La Chatte*) 출간. 이해 10월부터 1938년 6월까지 매주 『르주르날』(*Le Journal*)에 연극과 영화를 아우르는 문학비평을 쓰기 시작함. 이 오년간의 평론을 묶어 『검은 쌍둥이』(*La Jumelle noire*, 전4권)라는 제목으로 1934년부터 1938년에 걸쳐 출간.

1934년 『이중주』(*Duo*) 출간.

1935년	3월 벨기에 프랑스문학 아카데미 회원으로 선출됨. 모리스 구드께와 결혼. 뉴욕여행.
1936년	회고록 『나의 습작시절』(*Mes Apprentissages*) 출간. 세번째 레지옹 도뇌르 훈장을 받음. 벨기에 왕립 아카데미 회원으로 공식 임명됨.
1937년	『벨라비스따』(*Bella-Vista*) 출간. 『이중주』가 뿔 제랄디 각색으로 쌩조르주 극장에서 공연됨. 한 살인사건의 취재를 위해 구드께와 함께 『빠리수아르』(*Paris Soir*) 리포터로 페츠에 감. 이 이야기는 1941년 『거꾸로 쓰는 일기』(*Journal à rebours*)에 수록됨.
1939년	『이중주』 속편 『뚜뚜니에』(*Le Toutounier*) 출간. 2차 세계대전 발발.
1940년	작은오빠 레오 사망. 딸 벨가주가 있는 꼬레즈로 잠시 몸을 피했다가 9월 빠리로 돌아옴. 『호텔방』(*Chambre d'hôtel*) 출간.
1941년	꼬레즈 도피 당시의 이야기를 담아 『거꾸로 쓰는 일기』 출간. 『쥘리 드 까르네양』(*Julie de Carneilhan*) 출간. 『나의 수첩』(*Mes Cahiers*) 출간. 12월 모리스 구드께가 독일군에 체포되어 꽁삐에뉴 수용소에 수용되었다가 이듬해 석방됨.
1942년	『프레장』(*Présent*)에 『지지』(*Gigi*) 연재. 『나의 창문에서』(*De ma fenêtre*) 출간. 1944년 이 작품을 『나의 창문에서 내다본 빠리』(*Paris de ma fenêtre*)라는 제목으로 재출간. 관절염 악화.
1943년	『군모』(軍帽, *Le Képi*) 출간.
1944년	『지지』를 단행본으로 출간.
1945년	『아름다운 계절』(*Belles saisons*) 출간. 공꾸르 아카데미 회원이 되고, 이후 1949년에는 공꾸르 아카데미 회장이 됨.

1946년	『장경성』(*L'Étoile Vesper*) 출간.
1947년	관절염 치료를 위해 스위스에서 요양.
1948년	모리스 구드께가 설립한 플뢰롱 출판사에서 꼴레뜨 전집을 전15권으로 발간.
1949년	『이 모습 저 모습』(*Trait pour trait*) 출간. 『쓰다 말다 한 일기』(*Journal intermittent*) 『푸른 신호등』(*Le Fanal bleu*) 『고양이들』(*Chats*) 출간.
1951년	무대에 올릴 「지지」의 주인공을 맡을 여배우를 적극 찾아나선 끝에 몬떼까를로에서 영화촬영 중인 오드리 헵번을 발견. 「지지」 브로드웨이 공연의 주인공으로 발탁함. 이 작품은 1958년 뮤지컬 영화로 만들어짐.
1953년	네번째 레지옹 도뇌르 훈장을 받음.
1954년	1월 『청맥』이 영화로 제작됨. 8월 꼴레뜨 사망. 장례는 꼴레뜨의 마지막 거처인 빨레루아얄에서 국장으로 치러짐.
1958년	플라마리옹 출판사에서 유고집 『풍경과 초상』(*Paysages et portraits*) 출간. 같은 출판사에서 『엘렌 뻬까르에게 보내는 편지』(*Lettres à Hélène Picard*, 1958) 『마르그리뜨 모레노에게 보내는 편지』(*Lettres à Marguerite Moreno*, 1959) 『방황하는 여인의 편지』(*Lettres de Vagabonde*, 1961)를 비롯한 다섯권의 서간집 출간.
2003년	갈리마르 출판사에서 『딸에게 보내는 편지』(*Lettres à sa fille*, 1916~53) 출간.

고전의 새로운 기준, 창비세계문학

오늘날 우리는 인간의 존엄과 개성이 매몰되어가는 시대를 살고 있다. 물질만능과 승자독식을 강요하는 자본주의가 전지구적으로 확산되면서 현대사회는 더 황폐해지고 삶의 질은 크게 훼손되었다. 경제성장만이 최고의 선으로 인정되고 상업주의에 물든 문화소비가 삶을 지배할수록 문학은 점점 더 변방으로 밀려나고 있다. 삶의 본질을 성찰하는 문학의 자리가 위축되는 세계에서는 가진 자와 못 가진 자 할 것 없이 모두가 불행할 수밖에 없다.

이 시대야말로 인간답게 산다는 것의 의미가 무엇인지 근본적인 화두를 다시 던지고 사유의 모험을 떠나야 할 때다. 우리는 그 여정에 반드시 필요한 벗과 스승이 다름 아닌 세계문학의 고전이라는 점을 강조한다. 고전에는 다양한 전통과 문화를 쌓아올린 공동체의 경험이 녹아들어 있고, 세계와 존재에 대한 탁월한 개인들의 치열한 탐색이 기록되어 있으며, 새로운 세상을 꿈꾸는 아름다운 도전과 눈물이 아로새겨 있기 때문이다. 이 무궁무진한 상상력의 보고이자 살아 있는 문화유산을 되새길 때만 개인의 일상에서 참다운 인간적 가치를 실현하고 근대적 삶의 의미와 한계를 성찰하는 지혜를 얻을 수 있을 것이다.

'창비세계문학'은 이러한 문제의식에서 출발한다. 세계문학의 참의미를 되새겨 '지금 여기'의 관점으로 우리의 정전을 재구성해야 할 필요성이 그 어느 때보다 절실하다. '정전'이란 본디 고정된 목록으로 존재하는 것이 아니라 그때그때 주어진 처소에서 새롭게 재구성됨으로써 생명을 이어가는 것이다. 우리는 먼저 전세계 문학들의 다양성과 차이를 존중하면서 국가와 민족, 언어의 경계를 넘어 보편적 가치에 기여할 수 있는 가능성에 주목하고자 한다. 근대를 깊이 성찰한 서양문학뿐 아니라 아시아와 라틴아메리카, 중동과 아프리카 등 비서구권 문학의 성취를 발굴하고 재평가하는 것 역시 세계문학의 지형도를 다시 그리려는 창비의 필수적인 작업이 될 것이다.

여러 전집들이 나와 있는 세계문학 시장에서 '창비세계문학'은 세계문학 독서의 새로운 기준이 되고자 한다. 참신하고 폭넓으면서도 엄정한 기획, 원작의 의도와 문체를 살려내는 적확하고 충실한 번역, 그리고 완성도 높은 책의 품질이 그 기초이다. 독서시장을 왜곡하는 값싼 유행과 상업주의에 맞서 문학정신을 굳건히 세우며, 안팎의 조언과 비판에 귀 기울이고 독자들과 꾸준히 소통하면서 진정 이 시대가 요구하는 세계문학이 무엇인지 되묻고 갱신해나갈 것이다.

1966년 계간 『창작과비평』을 창간한 이래 한국문학을 풍성하게 하고 민족문학과 세계문학 담론을 주도해온 창비가 오직 좋은 책으로 독자와 함께해왔듯, '창비세계문학' 역시 그러한 항심을 지켜나갈 것이다. '창비세계문학'이 다른 시공간에서 우리와 닮은 삶을 만나게 해주고, 가보지 못한 길을 걷게 하며, 그 길 끝에서 새로운 길을 열어주기를 소망한다. 또한 무한경쟁에 내몰린 젊은이와 청소년들에게 삶의 소중함과 기쁨을 일깨워주기를 바란다. 목록을 쌓아갈수록 '창비세계문학'이 독자들의 사랑으로 무르익고 그 감동이 세대를 넘나들며 이어진다면 더없는 보람이겠다.

2012년 가을
창비세계문학 기획위원회

창비세계문학 23

암고양이

초판 1쇄 발행/2013년 11월 29일

지은이/씨도니가브리엘 꼴레뜨
옮긴이/임미경
펴낸이/강일우
책임편집/심하은
펴낸곳/(주)창비
등록/1986년 8월 5일 제85호
주소/413-120 경기도 파주시 회동길 184
전화/031-955-3333
팩시밀리/영업 031-955-3399 편집 031-955-3400
홈페이지/www.changbi.com
전자우편/lit@changbi.com

한국어판 ⓒ (주)창비 2013
ISBN 978-89-364-6423-3 03860